旅立つ君におくる物語

藤山素心

JN259333

双葉文庫

目次

旅立つ君におくる物語

第一話　楽園の十字路

三十二歳になる介護福祉士、稲夏陽《いねなつひ》の心は完全に折れていた。

理由は山ほどある。言うならば、疲労骨折のようなものかもしれない。

「稲さん。今さらですけど、やっぱり退職の意向は変わらないですかね」

ここは限りなく千葉寄りの都内にある、駅チカで駐車場付きが自慢の、在宅型有料老人ホーム。廃業した築四十年の三階建て個人病院を買い取ってリノベーションしたため、個々の空間と間取りは比較的広くて動線もいいし、食堂やレクリエーションルームにも圧迫感はない。広めのリハビリルームもきちんと設置されており、契約社員とはいえ理学療法士も常駐している。経営母体が都内、千葉、埼玉に各種老人ホームを多数経営する企業のため、民家をリノベーションした施設より設備は充実していた。

「はい。変わりません」

そんな十年間勤めた職場の見慣れたセンターステーションで、体臭がきついことで有名な初老の男性事務長と、椅子を並べて向かい合わせに座らされている夏陽。晒《さら》し者にされながら、形だけの引き止めを受けていた。

今が日勤の忙しい時間帯であることなど、お構いなし。職員たちは各自の業務をこなしながらも、チラチラと視線を送ってくる。誰もが心に思い浮かべるのは「また欠員か」という、疲れと諦《あきら》めの入り混じったものだった。

「もしよければ、退職の理由を聞かせてもらえませんか。他の方ならともかく、稲さんは十年選手で、うちの柱だと思っていたので——」

耳触りのいい聞き慣れた話が、右から左に流れていく。

夏陽は十年間、これとまったく同じセリフが、同じ場所で退職者に話されるのを何度も聞いてきた。退職届を出した人間に対して「そう言うように」管理職のマニュアルに書いてあることも知っている。そしてここで職場の問題を提起しても、解決案を提案しても、何も変わらないことも知っていた。

「——なんて言うか、勤務条件とかなら妥協点というか、まだ相談に乗れることがあるかもしれませんし」

「いえ。別に、勤務条件とかじゃないです」

たしかに変えられる可能性があるとすれば、勤務条件ぐらいだろう。

ただし、給料が上がったり待遇がよくなったりすることはない。提案されるのは「あなたの負担を減らしましょう」という名目で、正社員であれば契約社員に、契約社員ならばパートに雇用形態を切り替えること。そしてそれに異を唱えると「せっかくあなたのことを考えて提案したのに残念です」というセリフで締めるまでが、この事務長に課せられた機械的な仕事。つまり「あなたの代わりはいくらでもいる」というのが、この会社の基本的なスタンスなのだ。

それを数か月に一回は見てきた勤続十年の夏陽にまで、一言一句間違わずに言うあたり、この職場で何かを変えようというのは無理な話――つまり、この施設の限界なのだ。

「あれですかね……人間関係とかの問題ですか？」

あったとして、パーティションもないセンターステーションの中で言えるはずがない。

正職と臨時とパートの間にできる、謎の派閥と上下関係にも慣れた。中堅介護士があえて本人に聞こえるように言う、お決まりの「看護師は給料が高いくせに入浴介助さえ手伝わない」という陰口にも慣れた。そのせいで正職の看護師が長く居着かなかったが、誰にも肩入れせずに目をつぶってきた。

爽やかな笑顔の裏に性欲を持てあました男性理学療法士が、いずれは辞めると分かっている若いパート職員を片っ端から口説いて関係を持とうとすることも、取り立てて口を出すことではないだろう。

まったく代わり映えしない、栄養価と誤飲誤嚥《ごいんごえん》の防止だけを考えて作られた献立を、一か月のローテーションで延々と出し続ける無愛想な栄養士にも文句はない。

シルバー人材から清掃員として派遣されている女性が、トイレットペーパーや些細な備品を細々と盗んで帰っているのにも目をつぶった。職員休憩室の冷蔵庫に名前を書いて保存してある、他人のジュースやお菓子を黙って飲み食いしていたことも、職場での扱いのひどさや低すぎる賃金の穴埋めだと思い、夏陽は言及しなかった。

「どこの施設も、こんなものじゃないですか?」

「でも、稲さん。十年目でいきなり辞めるとなると、それ相当の理由があるのでは」

夏陽は、少しだけ驚いた。ここからさらに引き止めにかかるのは、事務長の退職者面談としては異例のこと。どうやら今辞められるのは、本当に痛手のようだ。

狭い世界で互いを敵視する職員同士の外交役が務まるのも、職員間のパワーバランスを知った上で仕事を割り振りできるのも、年間を通じて行事や業務の流れを把握しているのも、今では夏陽を除けば、もうひとりの勤務歴の長い介護士だけ。しかもその女性はくだらない派閥争いに我慢《がまん》ができず、ついに自らパートに降りてしまった。そして夏陽が退職すると知ってから、別の職場の面接を受けに行っていることなど、まだ誰も知らない。

「まぁ……いろんなことの積み重ねです」

今さら言っても仕方のないことだった。

ここはあまりにもビジネスライクな、フランチャイズの介護施設。設備と外観がいいだけで、入居者の死に対しては非情なまでに機械的で、看送りに温かさがないのだ。

――老人は死んでも仕方のない存在だと思っていないだろうか。

入職して二年目で、すでに夏陽はそんなことを考え始めていた。

あれから八年。とくにこの一年で十七人もの入居者を看送ったことが、見て見ぬ振りをしてきたその感情を、再び呼び起こしてしまったのだ。

看送りが続いたことでシフトが乱れたからといって、古株の職員に頭を下げて連勤をお願いしたからといって、夜勤のスタッフが一欠《いちけつ》になったからといって、持病の悪化で明日退所する入居者の準備があるからといって——親族が故人との別れを惜しむ時間を満足に与えない理由にはならないと、夏陽は声を上げた。家族全員が到着するまでの、たった二時間が待てないのかと憤慨した。

しかしその答えは、仕事が回らないから「早く出そう」だった。

もちろんこの施設は、ひとりの老人のためだけに運営されているものではない。

だがここは失われゆく者が最期に過ごす場所であり、最期の家でもあると夏陽は考えていた。エンゼルケアに人を取られるのが嫌だからといって、早々に葬儀社へ引き継がせようとする姿勢だけは、絶対に許せなかった。

これは夏陽が介護福祉士を目指した当初の思いから、大きく外れるもの。

あの瞬間、ここで働く意味が「お金だけ」になってしまったのだ。

「それに退職の理由は『一身上の都合により』の方が、会社的によくないですか？」

「……それ、どういうことです？」

これで何かに一矢報いることにはならないし、気分がよくなるわけでもない。

それでも夏陽は、せめて最後にこれぐらい言ってやりたかった。

「いえ。退職の理由が会社側にあると、後でいろいろ困るんじゃないかと思って」

事務長は都合の悪いことには答えず、目を合わせない。感情に流されて独断で言い放った言葉を退職する職員にボイスレコーダーで録音され、民事訴訟の手前で和解した苦い記憶は、さすがに忘れられないものになっていたらしい。

それにどのみち、何を書いて提出しても改ざんされることを、夏陽は知っていた。職場のスキャナーで退職届を取り込み、画像アプリで切り貼り加工したデータをパソコンのゴミ箱に残してしまったのは、あまりにも浅はかとしか言いようがない。

「そういうことなので、事務長。長らくお世話になりました」

「い、稲さん？　もう少し、お話を――」

夏陽は耳を貸さずに立ち上がり、何事もなかったように最後の業務へと戻っていった。

疲労骨折を起こしていた心を、最後にへし折った決定的な理由――。

それはもっと心の奥のやわらかい場所をえぐる、まったく別のものだった。

＊

十年間で染みついた朝の習慣は、一か月ぐらいでは消えないらしい。

「――えっ⁉」

1Kの自室でベッドから跳ね起きた夏陽の心臓が、ばくばくと脈打ち続けていた。

すぐにアラームを消せないよう、目覚まし時計は枕元ではなく、ローテーブルに置いてある。それが、まったく鳴らなかったのだ。

慌てて這い出して時計をのぞき込むと、時刻は火曜日の午前九時十五分。

それで問題ないと、ようやく頭が理解し始めた。

退職して四月も終わろうとしている今、日勤も深夜も夏陽には関係のないこと。最後の勤務から帰宅して最初にやったことは、目覚まし時計のアラームを解除したことだった。

「慣れないなぁ……」

九時間も寝れば、頭や体の起動も速くなるらしい。コンロが一口だけの狭いキッチンに行って電気ケトルに水を入れ、棚からティーバッグを取り出すのも怠《だる》くない。

ただしマグカップはローテーブルに置いたまま、昨日から紅茶以外は入れていないので、それをそのまま使うことにした。化粧をする必要もなくなったので、買い物に出る時以外は顔も洗わなくなったし、朝の歯磨きを忘れることも増えた。

寝起きがよくなった反面、何かを失った感じは否めない。

「ま、いいか」

なにより変わったのは、仕事を辞めてから口を開く機会がすっかり減ってしまったことかもしれない。正しく言えば、話す相手がいないので声を出すきっかけがないのだ。

十年勤めた職場を離れて、もうすぐ一か月。

プライベートでメッセージのやり取りをするような、仲のいい友だちはいない。職場にもグループチャットはあったが、最後の勤務が終わると同時に削除して抜けた。残念ながらあの職場には、話の合う同僚がいなかったのだ。

楽しくもない飲み会や、行きたくもないアミューズメント・パークに誘われた挙げ句、気づけば部屋に上がり上がられの関係になってしまう人たちを沢山見てきた。そうなってしまうと、二度とそこからは抜け出せない。なぜなら誘いを断ることは、その派閥からの離脱を意味しているからだ。

そんな狭い世界の人間関係を十年も見続けていると、気づけば職員同士でのやり取りを必要以上にしないよう、夏陽は細心の注意を払うようになっていた。

だから勤務の最終日に企画されそうになっていた送別会すら辞退して、ささやかな花束と私物だけを抱え、次の仕事を探す意欲も湧《わ》かないまま職場を去ったのだ。

「……めんどくさかったな」

しかし夏陽の心を完全に折った最後の一撃は、そんな人間関係ではなかった。

あれは、三か月前——三十二歳の誕生日を、ひとりで迎えた時のことだ。

二十代後半から三十歳までの壁をひとりで越えて以来、誕生日はイベントらしいイベントではなくなっていた。いつもは飲まない弱いアルコールの缶飲料を、仕事帰りにコンビニで買って帰るだけ。不仲な家族を含めて、誰かから絵文字でメッセージのお祝いが届くわけでもない。むしろそれを寂しいと思わなかった自分に対して少し複雑な気分になったぐらいで、誕生日はスマホがお祝いの言葉をくれるだけの一日として終わるはずだった。

しかし介護福祉士になって今年で「ちょうど十年目」だと気づいた時、気分は一転した。驚くほど真っ黒に澱んだ感情が体の内側から湧き出し、心のやわらかい場所を鷲掴《わしづか》みにして締め付け始めたのだ。

——人生を振り返っても、何も残っていない。

広島の県境付近にある高校を卒業した夏陽は、なんとなく近所の開業内科クリニックで受付事務の職に就いたものの、田舎特有の閉鎖的な生活が肌に合わなかった。どこへ行っても顔見知りだらけで、必ず誰かと誰かが繋《つな》がっている。就職先から離婚の理由、果ては相続税の額まで、何でも筒抜け。高校を卒業した若者は同級生や先輩後輩と結婚するか、広島市内に出て行くか、あるいは大阪や福岡を目指すのが王道だった。ようやく出店が決まりかけていた郊外型の大型ショッピングモールも、地元商店街の猛反発を受けて誘致が白紙に戻される始末。当然、過疎化と高齢化は進むばかりだ。

それでも夏陽が地元に残ったのは、ひとえに祖母のため。運送業とそれ以外の理由でほとんど家に帰って来ない父親に代わり、田舎の狭い社会にもかかわらず人目も気にせずパート先で不倫に走る母親に代わり、祖母が夏陽を育て可愛がってくれたからだ。

しかし、その最期はひどいものだった。

大腸がんの末期だと判明し、まだ治療をしている最中から、わずかな遺産を巡って言い争いを続けた両親と親戚たち。もはやそれは人の姿をしておらず、吐き気を催したことを夏陽は今でも思い出す。挙げ句に通夜から葬儀、告別式まで、その争いは終わることなく延々と続いた。それ以来、夏陽は親族と名のつく人種との連絡を完全に絶っている。

しかしそれをきっかけに、介護福祉士という職業を知ることになった。

この世から失われていく人たちを、心穏やかに看送りたい——自分のことを誰も知らない東京の専門学校に、祖母から託されたお金で入学したのは、夏陽が二十歳の時だ。それ以降、バイト、試験、就活、仕事、彼氏、結婚、出産と、常に前を向いているのが当たり前のはずだった。

しかし介護福祉士の職に就いて十年目になった今、二十歳から続く東京でのひとり暮らしを振り返った時、そこには異常なまでの焦燥感しか見当たらなかった。

手に入れたものは、この業界のルールと常識と経験、そしてわずかなお金だけ。

振り返るのが怖くなった夏陽は、気を取り直して前に向き直ってみた。

――これから先、今と違う景色が見えない。

すると今度は、先の見えない閉塞感が襲ってきた。いくら未来を見ようとしても、代わり映えのしない年老いた自分の姿しか見えないのだ。

同じような人間関係の中、同じように働き、同じような毎日が繰り返される。生活に困らない程度にお金は少しずつ貯まっていくが、老後を安心するにはほど遠い。

世界は口をそろえて「自分を変えろ」「自分を磨け」「チャンスをつかめ」と言うが、仕事に疲れ果てて弱った心から、そんな気力を絞り出すことはできそうもない。

これから先、何も変わらず、何も満たされず、何も成すことができない――そう考えた時、あの職場へ出勤するエネルギーが、一気に弾け飛んだのだった。

「あぁぁぁ、ダメだわ。これダメ。何かしゃべってないと、おかしくなりそう」

何度も髪をかき上げながら、思わずひとりごとが出てしまう。

そしてなぜかこういう時、大好きだった祖母の言葉を必ず思い出す。

――理想だけではご飯を食べられないが、理想をなくして食べるご飯は美味しくない。

永遠に元気な姿のまま、亡くなった祖母の写真がテレビ台の上で微笑んでいる。

「……ばあちゃん、そうは言うけどね」

十年間途切れることなく振り込まれていた「給与」の文字が、通帳に見当たらなくなった。するとすぐに「無職」という不安と恐怖がつきまとい始め、夏陽の頭から離れなくなってしまったのだ。十年ぶりにすべてから解放されたというのに、心から自由を満喫できたのは、わずか一か月足らず。

介護施設から出される募集や派遣仲介業者はいくらでもあったものの、その厳しい実状を十年も見続けてしまうと、なんでも飛びつくわけにはいかない。

ならばこの機会に少し大胆な自分改革として、離島にでも移住しようかと考えてみたが、離島には東京ほど就職先の選択肢がなかった。

かといって、しばらく遊んで暮らせるほどの貯金も、心の余裕もない。

夏陽はマグカップに残ったぬるい紅茶を飲み干し、まずは体を動かそうと決めた。このままスマホを触り始めてしまうと、抑うつ気分に押しつぶされてしまうだろう。それにそろそろハローワークに顔を出さないと、失業保険の受給に支障が出てしまう。

「あれ？　カバンは……」

通勤カバンは、部屋の壁際に放置されていた。よほど職場のことを忘れたかったのだろうか、最後の勤務から帰ったまま――というより、壁に投げつけられたままだった。

あの日は半日で上がったので、弁当は持って行かなかったはず。そう思いながらも恐る恐るカバンの中身を出していると、未開封の封筒が出てきた。

「……ん？」

それは、手紙だった。

宛先は職場、宛名は稲夏陽。裏の差出人を見て、夏陽はすぐに思い出した。

「あぁ、はいはい」

居室を担当したことをきっかけに家族とも懇意にしていた、とても温厚で人あたりのいい入居者、谷脇《たにわき》真知子《まちこ》の家族からの手紙だ。どうやら勤務最終日に同僚が渡してくれたのを、ろくに見もせず放り込んでいたようだった。

「谷脇さんか……」

あれは忘れもしない、一年前のこと。

谷脇に特発性肺線維症《とくはつせいはいせんいしょう》という疾患が見つかり、今後は医療的ケアが必要になるだろうと判明した。すると驚くことに、翌週には本人の意向も家族の都合もお構いなく、入居時の「契約書」に基づいた施設の方針で、すぐに退所させられてしまったのだ。それをただ見送ることしかできなかった時の無力さと苛立ちを、夏陽は今でもはっきりと覚えている。

「……契約、契約。まぁ、そうなんだろうけど」

封筒の中から出てきた手紙は、いまどき珍しく便せんに手書きだ。

夏陽はハローワークへ出かけるのを止め、ローテーブルに戻って紅茶を淹れ直したものの、折りたたまれた手紙を広げるのを少しためらった。退所した元入居者の家族から、笑顔の写真や楽しい手紙が送られてきたことなど、一度もない。

「亡くなったのかな……」

意を決して読んでみると、あれから特発性肺線維症に肺がんを合併したと書いてあった。やがてがんの骨転移《こってんい》もあり、車イスがやっとの生活になってしまったという。

夏陽はマグカップの紅茶に、少しだけ口をつけた。

谷脇がまだ施設で元気に歩いていた頃「死ぬまでにもう一度、新婚旅行で行ったイタリアへ行きたい」と、窓際で外の景色を眺めながら言っていたことを思い出す。

「……やっぱり、か」

しかし手紙は、そこで終わらなかった。

夏陽の温かい介護に対する感謝の言葉が並べられると共に、がんの骨転移発覚後にもかかわらず、入居できる施設があったと書いてある。そしてその「特殊なターミナルケア施設」では、驚くほど穏やかで豊かな生活をすごしているというのだ。

「は？　最期の願いを叶えてくれる施設？」

通常は医療的なケアが必要であればあるほど、施設どころか入院できる病院さえも限られてしまう。ましてやこの手紙に書いてあるような、終末医療や看取りの介護を余儀なくされた者たちの「最期の願いを叶えてくれる施設」があるとは、とても思えない。

百歩譲って本当であったとして、そもそも谷脇の最期の願いはイタリア旅行だ。それを叶えることは、さまざまな意味で不可能に近い。にもかかわらず、そんなことを謳う施設があるとするなら、それは悪質な詐欺《さぎ》ではないだろうか。

「谷脇さん、大丈夫？　なんか、変なのに騙《だま》されてない？」

不穏な気持ちに駆られながら封筒の中を見ると、一枚の写真が入っていた。

「えっ！」

そこには車イスに乗せられ、亡き夫の遺影を胸に抱いて微笑む谷脇が写っていた。末期がんに特有の痩せは目立つものの、明らかにその表情は幸せに満ちている。

しかし夏陽が驚いたのは、それだけではない。そこは谷脇から何度も写真を見せられて覚えてしまった、イタリアのサンタ・マリア・マッジョーレ大聖堂の前だったのだ。

「うっそ、なにこれ……」

こんなことが、現実にあり得るだろうか。

慌てて成田《なりた》空港からイタリアまでのフライト時間を調べてみると、約十三時間以上と書いてある。体力も免疫力も落ちて、近所を散歩することにさえ不安のある車イスの末期がん患者が、終末医療や疼痛《とうつう》緩和ケアなどを受けながら、その介助者を携えて――百歩譲ってイタリアまで行けたとしても、それだけでは解決しない疑問が残る。谷脇と家族の経済事情をよく知る夏陽には、その費用が出せるとはとても思えなかったのだ。

「……まさか、費用も出してくれたってこと？」

だとしたら、なおさら胡散臭いこと、この上ない。これからどれだけの借金を負わされることやら、どんな理不尽な条件の取引をさせられたのやら――。

「これ、ＡＩとか合成かな」

ただし入居者の最期の願いが、どれもＡＩやバーチャルで叶えられるとは思えない。

「なんなの、この『楽園クロッシング』って」

そこで手紙に書いてあった謎のターミナルケア施設「楽園クロッシング」について、ネットで検索してみた。すると驚いたことに、公式サイトやＳＮＳのアカウントなどが一切存在しなかった。それどころかヒットするのは都市伝説級のクチコミだけで、外観の画像でさえ、画質の悪いものが数枚見つかっただけ――そんな中、真実味のある情報がひとつだけあった。どうやら楽園クロッシングは、那須《なす》にある旧リゾート施設を買い取ったものらしいということだ。

「今の時代、こんなことあり得る……？」

しかし谷脇とその家族をよく知る夏陽には、どうしてもこの手紙と写真が作りごとには思えなかった。その笑顔と瞳が、真実であることを物語っている気がしてならない。

谷脇はいつも理想の介護について話してくれていた夏陽に、ぜひ「この楽園」を知って欲しい、そしてもう一度「この楽園」で会いたいと、切実に願っているという。

なにより夏陽にとって決定的だったのは、ネットには情報のなかった「楽園クロッシング」の住所が、はっきりと文末に記してあることだった。

「……楽園、か」

そんなものがこの世にあるとは、とても信じられない。


これは質《たち》の悪い悪戯《いたずら》か、あるいは何かの啓示か——。


夏陽の脳裏を、恐ろしい考えがよぎった。

もしも悪質な詐欺施設であれば、この手紙は谷脇と家族からのSOSではないか。表向きは楽しそうに、満足そうに、施設側に疑われないような内容にして検閲を逃れ、救いを求めて必死に投函《とうかん》されたものではないか。

思えば、もう何年も旅行に出かけていない。そんな振り返っても何も残っていない、これから先も違う景色が見えそうにない人生に届けられた、一通の不思議な手紙。

これは行き詰まった現実に、心と体を絡め取られている場合ではないかもしれない——

そう駆り立てられた夏陽は、栃木県の那須高原へ向かってみることにした。

もちろんそれは、息苦しい１Ｋの部屋から逃げ出すための言い訳でもあった。

＊

東京駅から東北新幹線に乗り、那須塩原《なすしおばら》駅まで一時間と少し。

そこで降りた夏陽は駅前でレンタカーを借り、カーナビに従って不慣れな道を東北新幹線に沿うよう北上。市役所や駅を横目に那珂川《なかがわ》を越えると、一気に街並みは消失した。

やがて交差点も信号も姿を現さなくなり、ひたすら山を目指すようナビに指示され、車を走らせること一時間半。大小のさまざまなテーマパークを尻目に小さなりんどう湖を越えると、もはや視界には森と別荘しか入ってこなかった。

「……間違いないよね」

新幹線に乗ったのは、介護手続きのために父方の親戚に広島へ呼びつけられてからなので、七年ぶりだ。車の運転はデイサービスの送迎を手伝わされることがしばしばあったものの、これほど緑が多くて信号の少ない場所を走るのは、二十歳で広島を出て以来。実に、十二年ぶりということになる。

――この先、三キロ直進です。

「旅、してるなぁ」

今日は平日、天気は快晴。

カーナビは遠回りを指示することはあっても、間違うことはない。

もし間違っても、たとえ辿り着けなくても、問題はない。谷脇の家族には連絡を入れていないし、施設にも面会のアポイントを取っていない。なぜなら夏陽は、まだ完全に「楽園クロッシング」という施設の存在自体を信じていないから——というより、電話番号からメールアドレスまで、連絡手段が何もわからないからだった。

あれからネットを何度調べても、見つかったのは「難病と闘う子どもたちの夢や願いを叶えるボランティア団体」だけ。成人に関しては「後見支援」があるものの、終末医療や看取りの介護の段階に入った人たちの「最期の願いを叶える」団体など、どんなキーワードで検索しても見つからなかった。

だから今回の旅の目的は、「楽園クロッシング」という施設が本当に存在するのか確かめること。もしも存在するなら、本当に谷脇をイタリアへ連れて行ったかどうかを明らかにすること。そして存在したとしても質の悪い詐欺まがいの施設なら、前職で知り合いになった弁護士を訪ねて、谷脇とその家族を救う方法がないか相談すること。

夏陽にとって谷脇は、それぐらい思い入れのある入居者だった。

「人の死に際に、つけ込むなんて……」

やがて緩やかな勾配の道路を、周囲から緑が覆い始めた。差し込む木漏れ日が、深緑という言葉をさらに色濃く印象づけている。まだ肌寒い四月の那須高原の山道だというのに、夏陽は思わず窓を開けて風を浴びた。

ひんやりと肌を叩く透き通った空気と景色だけなら、すでに楽園と言えるだろう。

――この先、三百メートルで、目的地周辺です。

曲がりくねった山道の突き当たりが、謎の施設「楽園クロッシング」ということになる。

地図アプリの上では、まだ閉鎖したリゾート施設の名前のままになっている。しかしそれこそがネットで得られた、唯一の都市伝説級のクチコミと一致しているのだ。

「……ん？」

生い茂った木々の上から、場違いなほど立派なリゾートホテル――というより、都心の立派な分譲マンションを思わせる建物が姿を見せ始めた。それと同時に「これより先　私有地につき　立ち入り禁止」と、道路脇に大きな看板が立てられていることに気づいた。

ただし厳《いか》つい鉄製のゲートは、車が通れるよう完全に開けられている。

エンジンをかけたまま車を停め、夏陽は考えた。

「私有地に無許可で入るのは、マズいけど……」

こちらには、谷脇の家族から届いた手紙がある。念のためにカバンからスマホを取り出してみると、電波も十分に拾っている。ドラマでよくある中継基地局が近くにないだとか、妨害電波《ジャミング》が出ているだとか、そういう陳腐な要素は考えなくてもいいようだ。

「……もし何か怪しかったら、車から降りずにそのまま戻ればいいか」

再びアクセルをゆっくり踏んで、緩やかに曲がりくねった坂道を登り切った。

つまり夏陽は、どうしても白黒つけたかったのだ。

「な——」

次の瞬間、目の前に広がった光景に言葉を失った。

さすが元リゾートホテル。その敷地は、想像していた以上に広大だ。

「——高級マンション？」

夏陽はサイドブレーキをかけ、思わず見入った。

右手には、山道を登ってくる途中から見え始めていた、八階建ての立派なリゾートホテルがある。閉鎖された施設を買い取ったと聞いていた夏陽は、廃墟である可能性も覚悟していたので、これは想定の範囲外だった。

外壁は再塗装を終えたのだろう、古びた印象はまったく見あたらない。建物前の駐車スペースも優に二十台分以上が確保され、一部はその駐車ラインの大きさから大型バスも収容できそうだ。アスファルトには劣化や陥没も見られず、おそらく敷き直されたものに違いない。医師、看護師、介護福祉士、果てはコンシェルジュまで常駐する超高級サービス《サ》付き高《高》齢者向け住《住》宅だと言われれば、そう見えなくもない。もしそうだとすると入居一時金も月額利用料も、一桁違うものになっていることだろう。

しかし今は何の準備中なのやら、工事車両らしき軽トラックやワゴン車が数多く停めてあり、中にはフォークリフトから小型ショベルカーまである。資材を運びながら行き来するヘルメット姿を見る限り、どう考えてもその人たちは「最期の願いを叶えてもらう」人でないことは明白。もしかするとこの元リゾートホテルの建物は、まだリノベーションが終わっていないのかもしれない。

　その証拠に、煌々と電気がついているのは、エントランスの一階部分だけ。あとは見あげても、どの部屋も窓のカーテンは閉じたままだ。とても中に人がいるようには——少なくとも稼働している建物の雰囲気は感じられない。

「……どっちが『楽園クロッシング』なの？」

　実は左手に、もうひとつ建物がある。

　こちらは八階建てホテルとは真逆の趣で、和の門構えが入口となって出迎えてくれる。その奥はおそらくエントランスだと思われるが、漆喰塗りの数寄屋門《すきやもん》と二階建て部分が少し見えるだけで、残念ながら他は庭木と和風の塀で囲われて見えない。

　しかしこの佇《たたず》まいは、どう見ても和風コテージタイプのリゾートホテル。より高級で、プライベートな別棟であることを感じさせる。稼働の雰囲気が感じられないあちらと比べて、どちらが最期の願いを叶えてくれる「楽園クロッシング」かというと——。

「こっち、かな……」

　幸いなことに、駐車場には工事車両や関係者の車が多く停められている。現場関係とおぼしき人たちが何やら運び込みながら、その辺を雑多に行き来している。この状況なら、駐車場の隅にレンタカーを停めても目立たないだろう。

そう考えて車を進めようとした時、不意に運転席側の窓がノックされた。

「ひ――」

窓の外から見下ろしていたのは、ツーブロックを緩めのオールバックにした若い男性。彫りが深いせいで、日本人離れした印象を受ける。ただし眠いのか不機嫌なのか、やや上目遣いの半眼でのぞき込んでくる。着ているのは真っ黒のスリーピースに、白シャツと黒ネクタイ。挙げ句に羽織ったジャケットコートまで黒。これでサングラスでもすれば、完全にマフィア。その雰囲気から、喪服だと言われても夏陽には信じられなかった。

「ちょっと、いいですか？」

良く言えば、目つきの悪い外国人モデル。正直に言えば、夜の繁華街をうろつくガラの悪い外国人。見た感じの体格もがっしりしており、首の太さや肩幅から、明らかに鍛えているのがわかる。

ただし車外からくぐもって聞こえる日本語は流暢《りゅうちょう》で、違和感はまったくなかった。

「窓――」

さらなるノックに夏陽の心臓は跳ね上がり、危うくアクセルを踏み込むところだった。

幸い、まだシフトレバーがドライブに入っていなかった。この状態から急発進していれば、男性を引っかけて駐車場の壁に激突していたかもしれない。那須高原まで来て午後にはニュースで名前が流れるという、最悪の事態は免《まぬが》れたようだった。

「――下げてもらえます？」

頑なに窓を開けず、アクセルを踏んで立ち去るのもありだと、夏陽は手の震えを抑えながら考えた。しかしそれでは、不審極まりない。ナンバーを控えられたら、レンタカー会社から身元はすべて割れてしまうだろう。かといって身元が割れたところで、やましいことは何もない。むしろこちらには、この住所から出された谷脇の手紙という免罪符がある。かといってこの「楽園クロッシング」が謎のカルト集団だとしたら――。

「ここ、私有地なんです。何のためにわざわざレンタカーまで借りて来たのか、教えてもらっていいですか」

「は、はい！」

結局アクセルを踏む勇気はなく、夏陽はエンジンをかけたまま窓を下げた。

舞い込む風には、この男の爽やかなフレグランスが紛れ込んでいた。

「動画配信？」

「……はい？」

一瞬だけ、この男性の表情が険しくなった。上目遣いの半眼は変わらず、車内に素早く視線を巡らせている。

「私有地で隠し撮りをされるなら、こちらもいろいろ考えないといけないので」

この男が探していたのはスマホか、撮影用のアクション・カメラなのだろう。しかし幸いなことに運転中は気が散らないよう、スマホはいつもカバンの中に入れていた。

「誰かお連れさんが、ドローンなどを飛ばしてませんか？」

「ドローン？」

「敷地外からの空撮《くうさつ》。墜ちるので、飛ばしてるなら早めに伝えて」

「や、別に……ひとりです、はい」

ドローンにまで目を光らせているあたり、ここが例の「楽園クロッシング」に違いない。ネット上に情報がまったく出ないのは、もしかするとこの男の仕事かもしれない。

「で、何しに来られたの？」

男が首をかしげた瞬間、ごりっ——と、骨の鳴る音がした。

それが無意識とはいえ、いつ胸ぐらを摑まれて車外に引きずり出されるやら、夏陽は気が気ではなかった。

「あの、あれなんです！　こちらに入居されている谷脇さんっていう方から、お手紙をいただきまして——」

「……谷脇さん？」

それを聞いた男の表情が、わずかに動いた。

しかし慌てれば慌てるだけ、助手席に置いたカバンから手紙が出てこない。なんとか話を繋いで、間をもたせなければ――。

「それで、お伺いしたいんですけど……ここは特殊なターミナルケアを提供されている『楽園クロッシング』……という施設でしょうか」

「それ、どこで聞きました？」

声のトーンが一段階下がり、上目遣いの半眼が窓から入り込んできた。

いよいよ身の危険を感じ始めた時、ようやくカバンの中で、手紙が手に触れた。

「こ、これです！　これが届いたんです！」

悪霊をお札で祓うように、思わず男の眼前に手紙を突き出してしまった。

「……封筒だけ、見てもいいですか？」

「どうぞ、どうぞ！　中の手紙も読んでいいですから！」

「いや。それはプライベートなことなので」

封筒を手にすると、上目遣いの半眼はスッと窓から身を引いた。

そういうことを気にするとは思ってもいなかった夏陽は、少しだけ体から緊張が抜けていくのを感じた。この雰囲気、身の危険のピークは過ぎたのではないだろうか。

「あ、オーナー？　朔《さく》です。今、いいです？」

「……サク？」

「こっちの話です」

そう言って半眼の男は、自分の耳を指さした。

よく見ると、黒いインナーイヤー型イヤホンのようなものがはめられている。

「す、すいません」

「車は、例の手紙の方でした——はい、間違いありません。確認しました」

どうやら今、オーナーに連絡してくれているらしい。

そして「例の手紙」という表現をしているのだから、ここが都市伝説級に情報のない特殊施設「楽園クロッシング」で間違いないだろう。

「……本当にあったんだ」

だとしたら、もしかすると谷脇の「最期の願い」を叶えて、本当にイタリアへ行ったのかもしれない。しかし現実問題、そんなターミナルケアを提供できる施設が、この日本に存在するとは思えなかったが——。

「それでは、あそこの駐車場の三番に、車を駐めてきてもらえますか。今、オーナーがこっちに向かってますから」

「えっ⁉　あ、はい！」

これだけ大きな施設にもかかわらず、ずいぶんと腰の低いオーナーだ。元職場では、ホームページの写真以外でオーナーの顔を見た者はいなかったというのに。

「それから──」

「はい！」

「──怖がらせたなら、すみません。これも仕事なんで」

気まずそうにツーブロックの髪をかきあげた、上目遣いの半眼男──朔。纏っていた毒気はすっかり消え去り、夏陽は胸をなでおろした。

「いえ、こちらこそ……挙動不審で、すいませんでした」

どうやら本当に存在するらしい、謎のターミナルケア施設「楽園クロッシング」。

その実態へと、夏陽はさらに一歩踏み込むことに成功したのだった。

＊

夏陽の予想通り、和風コテージタイプのリゾートホテル側が楽園クロッシングだった。

「怖い思いをさせて、ごめんなさいね。最近、そういうのが多くて」

車を降りた夏陽に館内を案内してくれたのは、岸原由有希《きしはらゆうき》と名乗る女性。緩やかなウェーブのかかった、襟足の少し長いショートボブ。加えて穏やかな目元の印象のせいで年齢不詳だが、ほうれい線やワンピースからのぞく首すじ、そして肌の感じから、おそらく四十代後半ではないかと夏陽は予想した。

「とんでもないです。こちらこそ、不躾《ぶしつけ》に」

渡された名刺の肩書きには、オーナーで施設長で医師と書いてあった。医師が施設長というのは、老人ホームではよく見かける肩書きのセットだが、夏陽には偏見がある。

現役をリタイアした医師が、老人医療に詳しくもないのに、自身の老後の生活のために施設長になる――十年も介護業界にいれば、そういう話は嫌でも耳にする。だからまったく素性を知らないこの岸原も、自然とそういう目で見てしまう。

ましてや噂が本当であれば、ここは末期患者の最期の願いを叶えてくれるという施設だ。谷脇がどういう扱いを受けていたのか、夏陽は気になって仕方なかったのだ。

「わざわざ東京から、おいでいただいたのですが――」

谷脇がこの楽園クロッシングに入居していたことは、どうやら事実のようだった。しかし残念ながら、二か月前に亡くなったらしい。

夏陽も通勤カバンに放置していたとはいえ、そもそも前職場が個人宛の手紙を一か月も放置していなければ、もしかしたら谷脇が亡くなる前に会えていたかもしれない。

もっとも、那須高原まで旅行できる休みなど、取れる状況ではなかったのだが。

「……そうでしたか。間に合わなくて、申し訳ありません」

「谷脇真知子さん、稲さんのこと、すごくお好きだったみたいですね」

「え？」

「帯状疱疹《たいじょうほうしん》が出た時のこととか、トイレに起こす時間を変えてもらったこととか、お孫さんが面会に来られた時に、特別な配慮をしてもらったこととか……それ以外にも、毎日いろいろとお話を聞かせてもらいました」

「毎日？」

「ええ。親戚の入れられている老人ホームとは、大違いだって。あそこは谷脇さんにとって、第二の我が家だった——正確には、稲さんが第二の家族だったと。だからここでの生活を見て欲しい、最期の願いが増えちゃったって、ずっと言われていましたよ」

夏陽が思っていた以上に、振り返った過去にも意味はあったらしい。

「そうですか……谷脇さん、そんなことを」

谷脇の思い出話を聞きながら案内された施設内は、驚きの連続だった。

漆喰塗りの数寄屋門から続くエントランスは、ウッディで温かみがあり、電球色の照明がそれを引き立てていた。ホテル時代の名残だろうか、木製のソファーとテーブルがいくつかロビーに並べられている。天井は二階までの吹き抜けという贅沢な作りのため、施設特有の閉塞感はない。大きな窓から差し込む木漏れ日を浴びながら、コーヒーと読書でゆったりとした時間を過ごすのに最適だろう。

「それにしても、すごい施設ですね」

吹き抜けのエントランスが一棟、シックな平屋が八棟、二階建ての細長い管理棟が一棟、それぞれが木製の屋根付き廊下で連なり、輪になっている。その中庭となった空間で目を惹くのは、手入れの行き届いた植木と枯山水だ。

連なった平屋——というより、客室と呼んだ方がいいかもしれない——その八棟ひとつひとつが、施設で言うところの居室だった。そこからつながる二階建ての細長い管理棟には、スタッフステーション、リハビリステーション、そしてクリニックレベルの医療スペースまであるというのだから、驚くしかない。

「ありがとう。がんばった甲斐《かい》があったわ」

これがすべて本当のことであれば、終末医療と看送りの介護が必要となっていた谷脇が、入居させてもらえたのも納得がいく。

ただしそれらすべてを、言われるがまま受け入れることはできなかった。

「こんにちは。お邪魔してます」

夏陽が挨拶したのは、リネンの入ったカートを押してすれ違った、介護系らしき女性スタッフ。しかし無表情で会釈をすると、視線も合わせず去って行った。

最初に引っかかった、違和感——それはこの規模の施設にしては、人がいなさすぎることだった。

エントランスにも人はおらず、最初に驚かされた朔という男を除けば、すれ違ったスタッフはこれが初めて。いくら敷地が広いからといって、スタッフはおろか入居者の姿も見なければ声も聞こえないというのは、どうも腑に落ちない。

「そういえば、施設長先生」

「ふふっ、岸原でかまいませんよ？」

にっこり笑ったオーナー岸原は、年齢より若見えする女優のようだった。

確かめるなら、この雰囲気を逃す手はないだろう。

「この写真、ご存じですか？」

差し出したのは、もちろんあの写真。車イスに乗せられながらも、亡き夫の遺影を胸に抱いて微笑む、谷脇の写真だ。

「あら、その写真。何度見ても、いい笑顔よねぇ」

岸原は動揺しなかった。それどころか、在りし日の谷脇を懐かしんでいる。もしもこれがポーカーフェイスだとしたら、おそらく最初に挨拶を交わした時から、すでに印象操作を受けている――つまり騙されている可能性が否定できなくなる。なんとかこの写真の真偽について聞き出すには、手の内を小出しにして反応を見るしかない。

「これって、どこに行かれたんですか？」

一瞬だけ岸原から表情が消えたが、すぐに穏やかな顔が戻ってきた。

「え？　稲さん、ご存じじゃなかったんですか？」

もうすでに手の内を読まれているのではないかと、夏陽の心拍数が跳ね上がる。

「たしか谷脇さん、死ぬまでにもう一度、新婚旅行で行ったイタリアに行きたいって」

「そこは、サンタ・マリア・マッジョーレ大聖堂の前です――」

岸原は足を止め、夏陽を振り返った。

「――稲さんは、その写真が本物かどうか、確かめに来られたんですよね？」

穏やかだった岸原の目の奥に、淡く揺れる火が灯る。

「言われたこと、与えられたものを鵜呑みにしない。ネットに書いてあることがすべてになってしまったこのご時世、それはとても大事なことだと思います」

「いえ、あの……そういうわけでは」

「でもね。それは合成写真ではありませんし、楽園《う》クロッシ《ち》ングは詐欺まがいの悪徳インチキ施設でもありませんよ？」

まるで何もかも見透かされているようで、夏陽は返す言葉を失う。この時点で、会話の主導権は完全に失われてしまった。

「まぁ、そう思われるのも無理はないんですよね。今の日本に、いや世界にもかな？　うちのような施設は、まだありませんから」

館内を案内し終わった岸原は、ロビーで何か飲みながら話さないかと微笑むと、夏陽に背を向けて先を歩き始めた。

「ちなみに谷脇さんは、プライベート・ジェット機でイタリアにご案内しました」

「プライベート・ジェット⁉」

「稲さんは、コーヒーにします？　それとも、紅茶？」

プライベート・ジェット機など、岸原にとってさほど大きな問題ではないようだ。

「あ……すいません。じゃあ、紅茶をいただきます」

「レモン、ミルク、お砂糖は」

「いえ。そのままで大丈夫です」

どうやらワンピースの襟元についていたのは、ブローチではなく小さなインカムだったらしい。エントランスのロビーに戻り、テーブルを挟んで岸原と向かい合って座った夏陽は、言葉を失ったまま正面から見つめられ続けた。

しかし値踏みをされている感じでもなく、圧をかけられている感じでもない。言うなれば「観察」という言葉が似合うだろう。

「オーナー、お待たせしました」

「ありがとう」

あの朔という男がカフェラテと紅茶を持って来ると同時に、その視線は何事もなかったように夏陽から解かれた。

「谷脇さんが亡くなったのは、帰国してから一週間後のことでした――」

柔らかく泡だったカフェラテに口をつけて、岸原は続けた。

「――同行したのは、うちの医師二名と女性介護士一名と私。持参したのは、この施設で可能な医療がイタリアでも完全に受けられるよう、必要な機材と薬剤など、一式すべてです。それでなんとか、谷脇さん念願の場所を、もう一度訪れることができました」

プライベート・ジェット機とは、一般市民が触れ合えるようなものではない。費用は想像の二桁ぐらい上をいくと、夏陽は何かの番組で観た記憶がある。そのうえ岸原を入れれば医師が三名、女性介護士が一名の、計四名分の旅費と賃金が発生するのだ。どんなホテルへ何泊したのかわからないが、少なくともその金額はとうてい谷脇とその家族に支払えるものではないだろう。

「それが、谷脇さんの『最期の願い』でしたからね」

ならばそれらをすべて肩代わりしてでも、末期患者の最期の願いを叶えてくれる――それがこの「楽園クロッシング」という、特殊なターミナルケア施設だというのだろうか。

「そんなことって……」

「うちは、それをやるための施設なんです」

透き通った瞳で、岸原は断言した。

それが事実であれば、経営など成立するはずがない。完全に慈善事業だ。

ボランティア、クラウドファンディング、助成金、寄付――夏陽は、いろいろな可能性を考えてみた。しかしようやく集めたそのお金も、たったひとりの願いを叶えるだけで消し飛んでしまうだろう。つまりどう考えても、持続可能ではないのだ。

そこで夏陽は疑問に思った。そんな嘘をついて、いったい誰が得をするのか。逆に本当のことだったとして、それほどのお金を使って、誰が何を得たのか。

残るわずかな可能性は、ここが危険なカルト集団だということだった。

特殊な理念に基づき、絶対君主となったカリスマ的存在を頂点に、ピラミッド型の階層組織《ヒエラルキー》が形成された集団。その目的は経済的、性的、心理的な搾取《さくしゅ》から、反社会的な活動までさまざま。そう考えると、このオーナー岸原がカリスマ的絶対君主で、その目的は——

もしかすると、このできすぎた谷脇の美談を発端に、心理的な罠がすでに発動しているのかもしれない。夏陽が思い出したのは、最近観たサイコ・スリラーの映画。あれは最終的に、臓器売買の組織が黒幕だった。

さまざまな可能性を考えれば考えるだけ、夏陽の疑問と不安は膨れあがる。

そんな姿を見て、岸原は穏やかな表情で身を乗り出した。

「稲さん。この世から消えて亡くなる方たちが、消えない思い出を残せる場所を、一緒に作りませんか？」

岸原の言葉が理解できず、夏陽の頭はさらに混乱した。

いよいよ、懐柔と洗脳が始まったのかもしれない。

「……はい?」

「うちは今ね、ちょうど稲さんみたいな介護福祉士さんを捜していたの」

「えっと、すいません……」

なぜこれまでの話から入職の勧誘になるのか、理解できなかった。

初対面の人間を軽々しく職場に誘う輩《やから》は、まず信用できない。それは前の職場で、面接担当者が吐く甘い言葉を何度も聞いてきたからでもあった。

「初対面の稲さんを、いきなり誘う理由? たくさんありますよ?」

ゆっくりとカフェラテを飲むと、岸原は自信のある笑みを口元に浮かべた。

完全に心を見透かされている。ここから会話の主導権を取り戻すことは難しいだろう。

「不躾って、誰でも使う言葉じゃないと思うの」

「不躾?」

「覚えてませんか? 最初にご挨拶した時『こちらこそ、不躾に』って言われたこと。あれは社会人として、対外的なやり取りを円滑にするために――たとえそれがテンプレートだとしても――日常的に使っていたという根拠になると思わない?」

はっきりと覚えていなかったが、夏陽が抵抗なく使う言葉ではあった。

「それにさっき、うちのスタッフとすれ違った時、きちんとご挨拶されたでしょ。ああいうところにも、コミュニケーション能力っていうか、お人柄が現れると思うの」

それは、はっきりと覚えている。

しかしあれを無言で素通りするのは、人としてどうかと思う。夏陽は仕事中に職場へ視察だ監査だと称してやって来る傍若無人な連中が、いつも不快でならなかった。働いているスタッフに、挨拶ひとつできないのかと。

だから自分はそうならないよう、ひと声かけただけなのだ。

「あとは、なんといっても谷脇さんのお話ですよね。なにかある度に、稲さんのことを話されるの。もちろん谷脇さんというフィルターがかかっているのだけど、うちの介護スタッフが嫉妬《しっと》で不機嫌になるぐらいだったんですから」

どれだけ持ち上げられても、ここには再就職の面接に来たわけではない。しかもこの施設はまだ得体が知れず、何をしているかわかったものではない。

しかし人は、開けてはならないと言われれば開けてみたくなる。覗くなと言われれば、何が入っているのか覗きたくなる。今まで観てきたホラー映画も、そうやって始まることが多かった。警戒心と好奇心の綱引き。そんな厄介な感情が自分に芽生え始めていることに、夏陽は薄々気づいていた。

「なんていうか……すごくありがたいお話ですけど、今日はそういうのでは」

「でも、稲さん。東京から新幹線とレンタカーを乗り継いで、ここまで遠路はるばる来られたのは、うちに興味を持たれたからではないですか？」

「もちろん、それはありますけど……谷脇さんに会いたかったというのが」

「うちの情報、なにかネットに載ってました？」

静かで穏やかな口調だが、岸原は矢継ぎ早に問いかけてきた。

「いえ。まったく」

「ですよね。勝手な動画のアップロードも地図への記載も、差し止めてありますから」

おそらく朔という男が、その仕事を任されているのだろう。なぜそこまでして存在を世間から隠したいのか、それもこの施設を怪しく思う理由のひとつだ。

「それなのにここの住所、手紙に書いてありましたよね？」

あらためて考えれば、まずそこに引っかかるべきだった。しかしあの息苦しい部屋と生活から抜け出したいという気持ちが、夏陽の警戒心を鈍らせたのだ。

「……そう、でしたね」

「稲さんにぜひ会ってみたかったから、公表していないこの施設の住所を知らせる許可を、私が出したんです」

「あたしを呼んだ、ということですか？」

「きっと来てくれるだろうって、妙な自信があったんです」

まるであの手紙が自らの意志で通勤カバンに潜み、ちょうど夏陽が人生の閉塞感に辟易してきた頃を見計らって、姿を現したように思えてならない。

これを俗に「ご縁」と言うのではないだろうか——岸原の澄んだ目は、そんな夏陽の揺れる心を見透かしているようだった。

「朔。書類、持って来てくれる？」

ブローチのようなインカムにそう告げると、すぐにあの男が現れた。仕事は警備から、岸原の秘書、さらにはボディーガードの可能性さえあるかもしれない。

「これ、うちの雇用条件です」

「えっ？　あ、いえ……あの、本当にそういうのは」

「お願い。紅茶を飲みながら目を通したら、断ってもらっていいから。ね？」

手を合わせた岸原の表情には、無垢《むく》な少女の面影が残っているようだった。

本当に軽く見流すつもりで書類を手にした夏陽だが、どうしても雇用条件に目が行ってしまうのは、悲しい性《さが》のようなものだろう。

「な——」

そこに提示されていた給与、社保、福利厚生に、非の打ち所はなかった。車で来た道を思い出しながら、思わず通勤のシミュレーションをしていると、待遇欄に社宅の記載まであった。このご時世、雇用条件が良すぎるのは怪しい。少しでも良い条件で募集をかけないと人が集まらないというのが、ブラックな職場環境での現実。あるいは入職してみたら、勤務条件が最初の提示とまったく違っていたというのも、よく聞く話だ。

しかしここがカルト集団だとすると、このような好条件を提示する理由がわからない。もしかすると裏社会の汚れた仕事に加担させられる代償かもしれないし、これこそが懐柔と洗脳の始まりかもしれない――次第に妄想めいた思考に脳を焼かれ始めたにもかかわらず、それでも夏陽の口をついて出た言葉が、今の心理状態を物語っていた。

「いま、何人ぐらいの方が入居されているんですか？」

気づけば自ら、入職の面談を始めてしまっているのだ。

「ふたりです」

「ふ、たり……？」

「最期の願いを叶えるって、数をこなせるものではないですから」

要介護度次第では、ひとりでも担当できる人数だと夏陽は思った。しかしコテージが八棟あるということは、最大八人は収容するつもりがあるのだろうか。

無意識のうちに、夏陽の思考は実務レベルに降りていた。

「それに対して、スタッフさんは……」

「医療スタッフはお話ししたように、私を含めて常勤医師が三名、主治医として二十四時間常駐します。まぁ、敷地内の社宅に住んでいますからね」

「二十四時間？」

前のめりになった思考が止まらない。聞くだけ聞いてから断ればいいという、入職面談での基本的な姿勢が自動展開されているのだ。

「社宅は、ほら。車を駐められる時に、見ませんでした？　隣の」

「えっ！　あのホテルですか⁉」

「もちろん、全部ではありませんよ？　フロアのいくつかを、マンションタイプにリノベーションしたんです。中には、コテージの方に住んでいるスタッフもいますけど」

これは、想像の斜め上をいくものだった。

「他は女性介護士が一名、管理栄養士一名と調理スタッフ、施設の管理メンテナンスや清掃スタッフ。あとは『最期の願いを叶えるため』に必要なだけ、適宜そろえます」

この話、どこまで信じていいだろうか。警戒心と好奇心の綱引きに、どうせ無職だからというやさぐれ感まで加わり、夏陽の心が三つ巴《みつどもえ》の混戦を始める。

つまり気づけば、すっかり楽園クロッシングの虜になっていたのだ。

「あの、すいません。失礼だとは重々承知の上で、お伺いするんですけど――」

この岸原を相手に、駆け引きなど無意味だろう。

夏陽は、率直な疑問をぶつけてみた。

「――本当にここでは、末期患者さんたちの最期の願いを叶えられるんですか？」

もしも岸原の話がすべて本当なら、夏陽はいま都市伝説に触れていることになる。ここはネットにすら情報のない、理想の夢物語を実現する施設――まさに楽園だ。

そんな存在を自分だけが偶然知ってしまう確率など、ＳＮＳやスマホで流れてくる副業で成功する確率と同じぐらいかもしれない。

しかし宝くじに喩《たと》えて言えば、買わなければ絶対に当たることはない。つまりこのまま去れば、楽園クロッシングの真実を知ることは二度とないだろう。それは就職の面接でも同じだったことを、夏陽は思い出す。一度は持ち帰って熟考した末の返事を三日後に連絡したら、すでに採用者が決まっていたことが何度もあったのだ。

もちろん宝くじを買っても、一等の当たる確率は１／１０００万から１／２０００万だと聞いたことがある。

ということは、逆に言えば買っても買わなくても、どうせハズレなのだ。つまり、人生に影響はない。突き詰めれば、夢を買うか買わないかだけの問題になる。ならばこの楽園クロッシングについて、夏陽はどうしても一歩踏み込んでみたかった。

どうせ明日を迎えても、何も変わらない毎日が繰り返されるだけなのだから。

「稲さん。今日のお宿は、どうされる予定なんです？」

岸原はカフェラテを飲み干すと、ハンカチを口元にあてた。

夏陽の問いかけには、答えないつもりだろうか。

「那須高原のペンションに、一泊ほどして帰ろうかと」

「ちょうど今夜、ここで『最期の花火大会』があるんですけど、観ていきませんか？」

季節外れの花火大会も、『最期の』という言葉も、すべてが引っかかる。

「その……『最期』っていうのは、もしかして」

「稲さんが一番知りたい、私たち楽園クロッシングの姿が見られると思いますよ」

間違いない。それは今ここに入居している末期患者の「最期の願い」が、花火大会だということ。その規模を観れば、どれほど本気で患者の「最期の願い」を叶えようとするのか——ひいては谷脇のイタリア旅行が、本物であったかどうかも見えてくるはずだ。

「どうされます？　よろしければ予約されたペンションの方は、うちでキャンセル料を払わせていただくので、ルームメイクの終わっているお部屋に泊まっていかれては」

寝ている間に拉致されて、気づけば暗いコンテナの中——そういう展開も、映画ではたくさん観てきた。目の前にあるかもしれない都市伝説のことなど忘れて、またあの日常に戻って人生の歩き方を探す方が、あきらかに常識的だろう。

しかし明日、何かが待っている人生ではなかった。

「それは申し訳ありませんから、花火だけ」

「でも気が変わったら、遠慮なく私に電話してね。黙って帰るのは、なしよ？」

そう言って岸原は、名刺の裏に電話番号を書き込んだ。

この謎のターミナルケア施設「楽園クロッシング」の実態を、その目で確認するべく、さらに一歩踏み込んでみることに夏陽は決めたのだった。

＊

その花火大会は、本格的で圧倒的だった。

「なにこれ……」

陽が沈む頃になると、駐車場は満杯になった。楽園クロッシングがチャーターしたというバスも何台か到着し、黒服の朔とその部下らしき者たちが忙しなく誘導している。

駐車場とホテル棟の向こう側には、なだらかな芝生の斜面がある。驚いたことにそこを下りても、まだ楽園クロッシングの敷地なのだという。その向こうに見えるのは小さなチャペルと、緑豊かな公園、そして屋外プールと、これだけでひとつのアミューズメント施設ではないかと思わせる広さだ。今はそのあちこちにところ狭しと屋台が建ち並び、設置された花火の観覧席を目指して人が続々と集まっている。

実は夏陽が来た時に見かけた工事関係者たちは、この日のために集められたその道のプロたちだったらしい。岸原が「あとは『最期の願いを叶えるため』に必要なだけ、適宜そろえます」と言っていたスタッフは、この規模の人数だったのだ。

「……これを、たったひとりのために？」

夏陽は戸惑いながらも、芝生の斜面を下りて行った。

屋台から流れてくる、ソースの焼ける香ばしくて懐かしい匂い。焼きそば、たこ焼きなどの粉ものはもちろん、イカ焼き、焼き鳥、焼きトウモロコシにフランクフルトなどのワンハンドフードから、わたあめ、チョコバナナ、ベビーカステラなどのスイーツ系まで、おおよそ祭りや縁日で見かける食べ物は、すべてそろっていると言っていいだろう。

そこを行き交う家族連れや子どもたち、友人同士からカップルまで、老若男女の誰もがひとあし早い夏祭りを楽しんでいる。

この光景、映画の撮影どころの話ではない。

どの角度から見ても、本物の――。

「――おっと」

「リンちゃん！　走らない！　ほらっ、お姉さんにあやまりなさい！」

子どもたちが夜の広い公園で、屋台に夢中になって駆け回るのも無理はないだろう。夏陽でさえどれを食べようか迷いながら、前も見ずにふらふらしていたのだから。

「……ごめん、なさい」

「すみません。お洋服、汚してませんか？」

「いえいえ、大丈夫ですよ。それより、わたあめ大丈夫？」

「うん！」

「うん、じゃないの！　もう、ホントにすみませんでした」

岸原はエキストラを兼ねて、ご近所にある観光施設のスタッフや関係者を、無料で招待していた。周辺には牧場系やミュージアム系のアミューズメント施設に始まり、ホテルや温泉などが山ほどある。そんなご近所さんたちのご機嫌を損ねないよう最大限の気配りをしていると、苦笑いした岸原が印象的だった。

夏陽には、その意味が少しだけ理解できた。

結束すれば絆は固く助け合い、見知らぬよそ者は容易に排除する。良くも悪くも、それが田舎だ。もし馴染めなければ——悪く言えば機嫌を損ねてしまえば——どれだけ朔という男が情報操作をしようとも、この施設の噂はネットより速く拡散するだろう。

そんな完全にアウェーの中、近隣にはこの施設のことを「政府系企業の福利厚生施設」になる予定だと、何度か説明会も開いたらしい。同じパイを食い合う同業者は困るが、金払いのいい大企業の客が集団で保養に訪れるのならば、地元としてはウエルカムなのだろう。だから宿泊施設に気遣って、ここにはあえて温泉を引いていないという。

ちなみに今日の花火大会は、そんな政府系企業の役員へのプレゼンテーションとして、動画資料を撮るためだと伝えたらしい。その結果、予定人数をはるかに超えた参加希望者が集まってしまった。しかし田舎で、一部の者に参加を断れば「村八分」の扱いを受けたとみなされ、不穏の種が燻り始める。そういったこともあり、花火大会は必然的にこの規模になったのではないかと夏陽は思った。

「あのオーナー、キレ者だわ」

夏陽がその匂いに負けて、思わず焼きそばを買った時、いよいよ花火大会が始まった。大事な地元民により良い観覧場所をひとつでも多く空けるため、公園から前には進まず遠巻きに夜空を見あげることにした。

「うっわ……」

真下から見あげる花火など、何十年ぶりだろうか。

夜空に色鮮やかな大輪の花が咲くと同時に、重低音が遅延なく夏陽の心臓に響いた。

一般的な花火大会での打ち上げ花火のサイズは、3号から5号と言われている。にもかかわらず、ここでは明らかにそれより大きな尺玉まで惜しみなく打ち上げられていく。しかも安全域のすぐ向こう側から打ち上げられるものだから、街灯など要らないほど、周囲は花火だけで十分に明るく照らされていく。

千葉にある夢の国で打ち上げられる花火は、毎日とはいえ約五分。いったいこの規模でどれだけ続くのか、夏陽は焼きそばを立ち食いしながら、ひとつの結論に達していた。

楽園クロッシングがカルト集団だという選択肢は、大輪の花火と共に消えた。

この来客の中の誰が、最期の願いとして花火を見たいと望んだのかわからない。しかしこれはどこから見ても――たとえあのホテルの最上階から見ても、山を下った駅前の市街地から見ても――間違いなく立派な花火大会だ。多くの人が集まり、屋台が並び、笑顔と喧噪にあふれ、本物の花火が夜空に惜しみなく打ち上げられ続けている。

打ち上げ時間はすでに五分を優に越しているが、止む気配がないどころか、激しさを増していく。つまりこの時点で、夢の国レベルを超えていることになる。

それでもまだこの楽園クロッシングをカルト集団だと思うなら、むしろその思考回路を心配した方がいいかもしれない。極めて閉鎖的で排他的な離島や隔絶された村の住人が繰り広げるサイコホラーは、映画や漫画だけで十分だ。

「なに、この焼きそば。めちゃくちゃおいしいんだけど」

そんなことより、採算度外視だと露骨にわかる、三百円の焼きそばが異常に美味《うま》い。

あっという間にテイクアウト容器を空にしてしまった夏陽は、そんな自分に少しだけ動揺していた。このところ夏陽にとって、食事はただの「摂取」だった。血糖が下がったから食べる、時間になったから食べる――そんな食事は、カロリー摂取の意味しかなかった。あれが食べたい、これを食べに行こうという意志もなかった。何か胃に入れておかなければという、ただのエネルギー補充でしかなかったのだ。

「え、ヤバい。次、なに食べよう」

夏陽にとって大がかりな夜空の花火は、すでに贅沢な背景でしかなかった。今は体内から湧き上がる、この生き生きとした感情と衝動に従いたい。

「王道のフランクフルト？　や、あえて粉ものリベンジで、たこ焼きかな」

やはり次は炭酸でも飲みながら、太めの竹串で焼かれていた大ぶりな焼き鳥を食べようと決まった時、すぐ隣にひとりの女性がいたことに気づいた。どう見ても笑いをこらえながら、顔を合わせないよう横を向いている。夏陽の恥ずかしいひとりごとを聞かれてしまったのは、間違いないだろう。いくら旅先の見知らぬ人とはいえ、これは痛い。

「や……なんだか、浮かれてしまって」

「いえいえ――」

打ち上がる花火に照らされたその姿は、色白で細く、見るからに儚《はかな》そうだった。黒髪のショートカットをうまくまとめ、物腰の柔らかそうな優しい雰囲気をまとっている。少し前に流行った動物を使った表現で言うなら、カエル顔が近いかもしれない。しかし首筋や手足の細さから、どうしても痩せすぎた感じが否めない。もう少しふくよかなら、羨《うらや》ましいほど可愛らしく、かつ妙齢の色気さえあるだろう。

「――わたしの方こそ、すみません。聞くつもりはなかったんですけど」

歳は夏陽と同じぐらいで、おそらく三十代。ゆったりしたニットのワンピースに厚手のコートを羽織り、足元は歩きやすいスニーカー。これでは、そこから歩いて来ましたと言わんばかりだ。

もしかするとこの女性、楽園クロッシングのスタッフではないだろうか。

夏陽がそう思った理由は、他にもある。これだけの来場を想定して、観覧席は十分に用意されている。屋台で買い込んだものを手に、特設シートに座って花火を見上げられるのだから、こんな入口の公園で立ち止まっているのはどうだろうか。きっと夏陽と同じように、招待客の邪魔にならないよう、一歩引いたこの場所から眺めていたに違いない。

だとしたら、もう少し話してみるべきだろう。もしかしたら、楽園クロッシングについて何か聞けるかもしれない。

「お、おいしいですね。ここの屋台の焼きそば。食べました？」

そうやって口をついて出た会話が、これだった。

いつからこれほど話し下手になったのかと、夏陽は愕然とする。

しかし仕事以外では、そもそもこの程度のコミュニケーション能力しかなかったのかもしれない。

仕事を円滑に行うためのコミュニケーションには、パターンがある。失礼を感じさせない言葉遣い、誠意の見せ方、自分が不利にならないような返答、そして適度の黙認。職場では個人的な感情さえ挟まなければ、相手の性格と出方でこちらの対応は決まってくる。

しかし友だちや恋人相手に、それは通用しない。

逆に言えば友だちや恋愛対象となり得る人に対しても、仕事と同じような対応をしてきたからこそ、三十二歳にして先の見えない閉塞感に苛まれているのかもしれない。

そう考えると夏陽は、一見すると社交的でありながら、その内側は気づかないうちに孤独だったのだ。

「あ。わたしは、たこ焼きを」

「どうでした？　次、どうしようか悩んでたんですけど」

「味は、たまご多めの明石焼き寄りなのに、外はパリッと焼かれてて……あとたぶん、ソースは大阪の感じじゃなくて、広島のやつじゃないかな」

「え。オタフクかな、カープかな」

食い気味なうえに馬鹿な返しをしたものだと、夏陽は瞬時に後悔した。広島県の出身でもない人間に、その違いなどわかるはずがない。

しかし夏陽は、それほど同世代の同性と話すことに飢えていた。退職する前まで遡っても、仕事抜きで何も考えずに話すのは何か月ぶり、いや何年ぶりなのだ。

「ちょっとわたしには、そこまでわからなかったですけど」

「普通は、そうですよね……すいません」

「広島の方なんですか？」

夜空に花火が上がり続けた、四十分間。なぜか夏陽は、この女性との取り留めのない話に花が咲いた。共通の話題があるわけでも、同郷というわけでもない。かといって仕事やプライベートを詮索《せんさく》するわけでもなく、互いの名前さえ知らないまま、それでも不思議と話は途切れなかった。

あえて理由を挙げるなら、この女性が聞き上手だったことだろうか。

やがて気づけば迂闊《うかつ》にも、夏陽は珍しく陽気にアルコールを口にしていた。けっきょく予約していたペンションは、当日にキャンセルせざるを得ないという、失礼極まりないことになってしまう。

渡されていた番号に電話して岸原にそのことを伝えると、笑いながら「知っているペンションだから大丈夫」と、夏陽に代わって連絡までしてくれたのだった。

「キャンセル、大丈夫でした？」

「ええ……なんか年甲斐もなく、はしゃいじゃって」

そうして互いに笑い合って、お開きとなった。

「それじゃあ、わたしはそろそろ失礼しますね」

「あ、そうですよね。なんか、すいませんでした。初対面なのに、長々と」

「いいえ。こちらこそ、久しぶりに楽しかったです」

そんな笑顔が印象的な地元の女性と別れたあと、夏陽は２ＬＤＫのマンションタイプにリノベーションしたホテル棟の部屋へ泊まることになった。

予定が急に変更になったところで、明日、何かが待っている人生ではない。

いま楽しみなのは、明日の朝食だけ。

ふかふかのベッドに沈みながら、気づけば夏陽は深い眠りに落ちていたのだった。

＊

見知らぬ部屋で目覚めた夏陽は、安堵した。

気づけば縛られてコンテナでどこかへ運ばれているという、映画ではありがちだが現実では最悪の状況は、やはり非現実的な妄想にすぎなかった。

「ごちそうさまでした」

お祭り気分とは、あのことを言うのだろう。レンタカーで来ていることをすっかり忘れ、焼き鳥とフランクフルト片手に缶入りの弱いアルコール炭酸を飲んでしまったのは、車の免許を取ってから初めてのことだ。

そして朝食がワゴンに載って部屋に運ばれて来る、ルームサービスというものを経験するのもこれが初めて。スタッフ用の社食はあるものの、そこで食べるのは気まずいだろうという、岸原の心遣いだった。

「なんか、すごいお金持ちになった気分……」

あなたに来て欲しいと持ち上げられ、手厚い接待を受け、求められて必要とされる気分は決して悪くない。

なによりここは、カルト集団でもなければ、悪徳な特殊詐欺集団でもない。

死にゆく者が、最期の願いを叶えてもらえる施設――楽園クロッシング。そのためにはイタリアにプライベート・ジェット機を飛ばすことから、地方のニュースに取りあげられてもおかしくないほどの本格的な花火大会を開催することまで、手段を選ばない。

「……あとはお金の出所と、入居者の選抜方法だよね」

残る最大の謎は、どうやってこの施設が成り立っているのか。そして、どんな人間ならここの入居者に選ばれるのかということ。どう考えても「入居者募集」というわけにはいかないはずだ。

着替え程度しか持ってきていなかった夏陽は、ルームサービスのワゴンの上を丁寧《ていねい》に片付けると、荷物を手早くまとめて部屋を出た。これ以上、ここに留まる理由がなくなってしまったのだ。

花火大会も終わり、何年かぶりに年甲斐もなく酒を呑みながら話し込み、きれいな部屋に無料で泊まらせてもらい、ルームサービスも食べ終わった。あとはもう、チェックアウトするだけ。コテージ棟のエントランスに行き、岸原にお礼を言って帰るだけ。レンタカーに乗り込めば、この幻のような体験もすべて終わるだろう。そう考えると、これは壮大な夢オチなのではないかとさえ夏陽は思うのだった。

エントランスに向かうため、ホテル棟の七階からエレベーターで下り、電気が灯るだけで誰もいない一階のロビーを出たものの、途中で誰も見かけなかった。

「ホント、どうなってんだろ」

そんな地に足の着かない感覚は、駐車場の光景を目にして一瞬で吹き飛んだ。

開けたままの後部ハッチをコテージ棟の門構えに向けて、真っ黒いワゴン車がエンジンを切って停まっている。

ばくんと一拍、夏陽の心臓が血液を吐き出した後、心拍数は一気に跳ね上がった。

「まさか……」

黒いスーツの男性がひとり、白い手袋をして何かの到着を待っている。

やがて黒服にゆっくりと押されながら出てきたのは、完全に白い布で覆われたストレッチャー。だがそのシルエットは、明らかに人が載せられていることを物語っていた。周囲にはハンカチを片手に、慈しみの眼差しをストレッチャーに向け、寄り添う男女が三人──おそらく入居者の家族だろう。その声は聞き取れなかったが、夏陽には流れ落ちる涙の音が聞こえたような気がした。

やがてストレッチャーは、ゆっくりと黒いワゴン車の後部に滑り込んでいく。

間違いない。この見慣れた悲しい光景は、葬儀社の遺体搬送だ。

「……まさか、そういうこと？」

エントランスから最後に出てきたのは、喪服を着た岸原。

付き添っていた親族たちは涙を拭うと、それぞれが深々とお辞儀をして、誰からともなく次々と岸原の手を握った。

間違いない。最期の願いとしてあの花火大会を望んだ入居者が、その光景をしっかりと目に焼き付けてからこの世を去ったのだと、夏陽の経験が語りかけてくる。顔も名前も知らないその方は、大切な人たちに囲まれて花火を観ながら、語り尽くせない思い出を語りながら、最期の時間を過ごすことができたに違いない。

そうでなければ、亡くなった人がこれほど穏やかに親族から看送られることなど、ありえないだろう。泣き崩れるでも泣きすがるでもなく、ましてや岸原に罵声を浴びせることもない。それは、最期にしてあげたかったことが全部できたという証。

今まさに、夏陽は理想の看送りを目の当たりにしているのではないだろうか。

「理想だけではご飯を食べられないが、理想をなくして食べるご飯は美味しくない……ばあちゃん、あれってこういうことかもしれないね」

二十歳の頃に目指していた理想は、こんな看送りをすることではなかっただろうか。

そんなことを考えていると、いつの間にか隣に、白衣姿の医師らしき男が立っていた。

「パラダイス・クロッシング――」

「はい……？」

淡白なキツネ顔だが、無精髭は剃《そ》っていなかった。もしかすると昨夜は、ずっとあの亡くなった方に付き添っていたのかもしれない。寝癖のついたゆるふわパーマのその男性医師は、首から「保延晃平《ほのべこうへい》」と書かれたＩＤカードをぶら下げている。そして白衣のポケットに両手を突っ込んだまま、お迎えの黒い車を眺めながらつぶやいた。

「――海外に、こういう童話がある。取り返しのつかない後悔の先に、必ず楽園に通じる十字路があるから道を間違うな。道を間違うと、その十字路には二度と戻れない」

その低い声が夏陽に告げられたものなのか、ひとりごとなのか、定かではない。

しかし振り返った目に、感情の色はなかった。

「岸原先生が言ってた、稲さんっていう人？」

「え……あ、はい」

「ここがその、楽園の十字路《パラダイスクロッシング》。俺は、そう信じてる」

何のために、誰に向けて語られたのかわからない。

だが迷っていた夏陽の背中を最後にひと押ししたのは、間違いなかった。

＊

ゴールデンウィークが明けると、夏陽はすぐに都内の1Kアパートを引き払った。引っ越し先は、もちろん楽園クロッシング。ホテル棟の七階にある、夏陽が花火大会の夜に泊まった部屋こそ、すでに岸原が夏陽に用意していた社宅だったのだ。

1Kの部屋に詰め込まれていた荷物が、2LDKの部屋に入らないわけがない。寝室と趣味の部屋をリビングとは別にしたので、むしろ物がなくて殺風景なほどだ。

「三十二歳から始める、新生活か――」

夏陽は大きく息を吐いて、肩の力を抜いた。

入職に、まったく迷いがなかったわけではない。どこから膨大な資金が供給されているのか想像もつかないし、ここへ入居できる人間の基準もわからない。イタリアへ行きたいという最期の願いを叶えて亡くなった谷脇も、ごく普通の老人だった。お子さんや親戚のこともよく話してくれたが、特別な職業に就いている人はいなかったはず。もちろん岸原の言っていた「政府系企業」の名前など一度も聞いたことがないし、そもそもどういう企業がそれに当たるのかさえ、夏陽にはわからない。

だからといって、それが入職の誘いを断る理由にはならなかった。

母体の民間企業が何をやっているかわからない老人ホームなど、山ほどある。超高齢化社会で将来性たっぷり、などと謳った企業コンサルタントに言われるがまま、多角経営の一環として運営されている施設も珍しくない。肝心なのは、きちんと残業代まで給料を払ってくれるかどうかということ。自分の給料がどんなお金の巡りで払われているのかなど、気にしたことはなかった。

そう考えれば入居者の基準がどうなっているのかも、夏陽が口を出すようなものではない。どのような人であれ、ここに入居するのは、終末医療を要する末期の患者たちなのだ。むしろ心配すべき問題は、重篤な疾患を持つ入居者に対して、果たして自分が適切な介護を提供できるかどうかだろう。

「よし——」

施設のオリエンテーションは昨日で終わり、いよいよ今日から勤務が始まる。

初めて担当する入居者の居室——という名の和風コテージに向かう夏陽は、すっかり新卒の介護福祉士に戻っていた。

「おはようございます」

夏陽が最初に訪れた時と違い、それなりにスタッフともすれ違う。

「おはよう……あ、新しい介護士さん？」

作業着姿ということは、エンジニア系だろうか。

「はい、稲と申します。よろしくお願いします」

「珍しい名前だよね。初めて聞いたよ」

「よく、言われます」

「メンテの石原《いしはら》です。空調とか問題あったら、すぐ教えてください」

これが普通なのだと、夏陽はあらためて思った。ということは前回、見知らぬ訪問者であった夏陽に対して、顔バレすらしないように指示が出ていたのかもしれない。

そんなことを考えているうちに、目的のコテージ棟六号の前に着いた。

入口は古き良き、ウッディな和の佇まい。他の空き部屋を見せてもらった限りでは、内装は完全バリアフリーの平屋一戸建て状態だった。ただし動線が徹底されており、ＬＤＫなどの壁がすべて廃してあったのが特徴だろう。壁とドアがあるのは、トイレと風呂場だけ。あとはリビング、キッチン、ベッドまで、車イスでスムーズに移動できる。平屋の構造強度を保つもの以外、障壁はなにも見当たらなかった。

「……待って。その前に、もう一回」

玄関のインターホンを押す前に、夏陽は手を止めた。

昨日、医師の保延にまとわりついてメモを取り続けた、担当入居者の情報を思い出しながら深呼吸した。介護する相手が末期患者だけに、介護のミスや疾患に対する失言は、初めての職場だからといって許されるものではない。

患者は、永木理央《ながきりお》、三十一歳女性。既婚だが子どもはおらず、仕事の関係で夫とは離れており、ひとりで入居している。

進行の速いスキルス胃がん／ステージⅣという状態で、がんの巣となってしまった胃は、使いものにならなくなったのですべて切除したという。これを最初に聞いた時、そんな荒々しい治療があることに夏陽は驚いた。しかもそこまで辛い治療をしても、がん細胞は腹膜《ふくまく》に播種《はしゅ》＝まき散らすように転移をしたのだ。その結果、残酷にも五年後に生きていられる統計上の確率＝5年生存率は、20％ほど。それらすべてが自分と同年代の女性に起こっている現実が信じられず、メモした情報だけで胸がはり裂けそうだった。

「ふぅ――」

夏陽は落ち着くために、ひと呼吸おいた。

現在の介護認定は、要支援2。基本的にはひとりで日常生活を送ることができるが、体力的に身の回りのことや家事に一部手助けが必要になることがある。治療の内容によっては立ち上がりや歩行に、サポートあるいは見守りが必要になるため、基礎疾患を考慮して入居後は要支援1から一段階上がっている――そこまで見返して、夏陽はメモを閉じた。

やはり楽園《こ》クロッシング《こ》では、介護度の認定など意味がない。

介護保険を限度額まで請求することもなければ、自己負担を強いることもない。ただ、入居者に必要なことをすべて提供するだけ。いわば、オーダーメイド介護だ。これまでに培ってきた介護に関する先入観は、ここでは捨てた方がいいかもしれない。

「……保延先生とご本人と、相談しながら決めよう」

介護上の最重要注意点は、右鎖骨《さこつ》付近の皮下に埋め込まれている「CVポート」だろう。

これは薬剤や濃い栄養点滴を入れるための点滴注入用の体内埋め込み式医療器具。なにが恐ろしいかといって、このポートから皮下を這って伸びるチューブが、直接太い静脈に繋がっていることだ。もしも感染や破損があれば一大事だということは、その存在を知らなかった夏陽にも容易に想像ができた。

それから胃を完全に切除しているため、なんと食事は少量ずつ一日六回。午前は八時に朝食、十時に間食、午後は十二時に昼食、十四時に間食、十八時に夕食、最後は二十時に間食だ。もちろん胃がないので、不用意に飲食物を勧めないこと。さらに食後は、三十分後から二、三時間後まで、食事に伴う体調不良が出ないか注意すること。

あとは化学療法の影響で、ウイッグを使用中だ。女性にとって脱毛は精神的にも大きな問題なので、限りなく慎重に取り扱うべき話題だろう。

「よし……行くか、稲さんよ」

ようやく初顔合わせの決心がついた夏陽は、玄関のインターホンを押した。永木は起床や歩行は自立だが、普通の感覚でインターホンを連打するのは厳禁だ。室内の間取りを思い出しながら、今どのあたりをゆっくり歩いているか想像してみる。リビングからなら、そろそろベッドルームを越えた頃だろうか。もしもトイレ中なら――。

「はい」

思ったより、反応が速い。ベッドルームとトイレの中間にも設置してある、ふたつ目のインターホンで返事をしたのかもしれない。

「おはようございます。今日から永木さんの居室を担当をさせていただくことになりました、介護士の稲夏陽と申します」

気のせいだろうか。室内から、駆け足の音が聞こえる。いくら歩行は自立だからといって、それはあまりにも危険な気がした。あるいは、思ったより自立度が高いのかもしれない。これは時間をかけて、介助内容を話し合う必要がある。

そんなことを悶々と考えていると、玄関の引き戸が開いた。

「お待ちしてました」

「あ、おはようございます。初めまし――」

痩せてはいるものの、永木は明るい笑顔で出迎えてくれた。

その顔に、夏陽は見覚えがあった。

「――えっ?」

忘れるはずがない。あの花火大会で花火の打ち上げがすべて終わるまで、取り留めのない夏陽の話につき合ってくれた女性。何年かぶりに、思わず酒まで呑みながら話し込んでしまった、あの女性――それが、永木理央だったのだ。

「また会えましたね、稲さん」

これを偶然と呼ぶには、できすぎているかもしれない。

この笑顔が、いずれ失われていくものだとは考えたくもない。

しかしどれだけ残酷でも、現実が変えられないことを、夏陽は理解している。だからこそ変えたいのだ。せめて最期は、理想の看送りに。

永木の最期の願いを叶えるために、最善を尽くす——。

それが第二の人生に課せられた使命なのだと、夏陽は心に強く誓うのだった。

第二話　仮初のボールルーム

見慣れない天井で目を覚まして、今日で一週間が経つ。

「……ん？」

楽園クロッシングの敷地内にあるホテル棟の七階で、夏陽は新生活を始めていた。社宅と言えばそれまでだが、今では珍しい「住み込み」に近い。

「そうだ……引っ越したんだわ」

もちろん厨房スタッフや設備関連など、すべてのスタッフが住み込みで働いているわけではない。しかし通勤や家賃のことを考えれば、リノベーションしたホテル棟の社宅に住んでいる者が多いのも理解できる。保延にいたっては地方の病院に勤務した際、隣接するマンション全体を病院が借り上げて社宅としていたため、この敷地内社宅はまったく気にならないと言っていた。

ただし入居者の命に直接かかわる医師たちと同様、介護士も二十四時間の勤務体制だった。末期患者である入居者にとって、自分の病状をよく知る医者やコメディカルが常に同じ――つまり「専属」であることがベストだと、岸原は言う。

介護士は夏陽ともうひとりの女性介護士、西澤《にしざわ》のふたりだけ。医師が三人もいるので、看護師はいない。最初に岸原からそう説明を受けた時、夏陽は入職するのをためらった。一般の介護現場にあてはめれば、聞いたことがないほど真っ黒な勤務条件だろう。二十四時間、延々とふたりだけで業務を回すのだ。

では、そんな二十四時間勤務の休暇はどうなっているのか——どうやら担当入居者がいなくなれば、一か月単位でまとめて取得できるらしく、リゾートバイトや海外で見かける出稼ぎ勤務形態と似ていた。しかし言い換えると、休暇は「担当入居者の死を待つ」という残酷なものでもある。入職してから西澤に会ったことがないのは、あの花火大会の後で担当入居者を看送り、休暇中なのだろう。

つまり今、介護士は夏陽しかいない。

「おはようございまーす」

それでも夏陽は、前の職場でよく見た「入職後一週間以内の即辞《そくや》め」は考えなかった。介護士が自分ひとりとはいえ、担当する入居者もひとり。そのうえ主治医を含めた三人の医師が常駐しているのだから、さほど恐れることはない。なにより、まとめて一か月取れる休暇は非常に魅力的だった。そんなものは学生に戻らない限り、今の日本では決して手に入らない。ろくに働いてもいないうちから、なにをして過ごそうか悩んでしまう。

そんなことを考えながら二階にある社食という名の旧レストランフロアに向かい、夏陽は和洋二種類の日替わり朝定食から洋食を選んでいた。

「……明日は、そろそろ和食にしてみようかな」

低糖質で高タンパク、ビタミンやミネラル、食物繊維が驚くほど盛り込まれているという自慢のパンは、そのまま食べてもおいしい。飽和脂肪酸《ほうわしぼうさん》を減らすために豆乳をミックスしたクセのない牛乳や、茹でてから焼き目を入れてくれているソーセージ、ヨーグルトがベースのコールスローから、絶妙なふわとろオムレツまで、いまだに自分がリゾート客ではないかと勘違いしてしまう。

ただし残念なことに、十年間で染みついた早食いの癖は抜けなかった。

「土谷《つちや》さん、ごちそうさまでした。永木さんの朝食、お願いします」

「あいよー」

厨房の奥から出てきたのは、チョビ髭に作務衣を着た、居酒屋の小柄な大将を彷彿させる中年男性。管理栄養士どころか、調理スタッフにも見えない。

「ねえ、稲ちゃん。永木さん、食ってくれてる？」

「えっ？」

「オレの作ったメシだよ。見てないところで、トイレとかに捨ててない？」

しかし、とても心配性だった。

「大丈夫だと思いますよ。どれも、おいしいって食べられてますから」

「なんかあったら、すぐ教えてよ？　はい、これ。今朝のメニューを書いといたから」

楽園クロッシングでは入居者の状態に合わせて、食事は常に変わる。ましてや胃のない永木の食事は、老人食や誤嚥予防のものとはまったく違う。その中身や調理方法も知らずに「はいどうぞ」では、最近見かけるようになった配膳ロボットと変わらない。それは夏陽にとって、介護とは言えなかった。

「勉強熱心だね。調理師免許、取ってみる？」

「や、調理師っていうか……担当入居者さんのことを、もっと知りたいだけなので」

土谷からのメモを受け取り、永木の朝食を保温ワゴンに入れた夏陽は、そのままコテージ棟六号に直接向かった。

朝礼や申し送りなど、ここでは不要だ。永木に変化があればその時点で夏陽のスマホが鳴り、すぐに管理棟のスタッフステーションに招集がかかる。つまり朝までスマホが鳴らなかったということは、永木の状態は昨日と変わっていないということ。ちなみに入職から一週間、緊急の招集がかかったことはまだない。

そのせいか、夏陽には「仕事をしている」実感があまりなかった。

担当する永木は要支援2で、当然ながら認知症もない。そのため仕事量は驚くほど少なく、食事の配膳が六回であることを忘れないようにする程度だ。おまけに夜間の見回り《ラウンド》も、あってないようなもの。そもそも居室の永木に異変があれば、人を介さず、いつでもアラートが直接スマホに送られてくるシステムが構築されていた。

人感センサーや顔認識カメラ、各種のウェアラブル型の生体反応管理《バイタルサイン》システムが、各居室を二十四時間見張ってくれている。だから見回りとは居室ではなく、スタッフステーションでそのログに目を通したり、誤作動やエラーを起こしていないかを確認したりすること。おまけに見回りは、岸原を含めた医師三人も加わり、四日に一回という持ち回り制だ。

　そのせいで夏陽には、肉体労働の疲労がほとんどなかった。

　ただし永木は、胃がんの末期患者だ。持病があるという程度の入居者を担当する時とは桁違いの精神的な不安だけは、常に夏陽にまとわりついていた。

「えーっと……」

　書き加えられ続けて厚みを増す一方のメモを、夏陽は毎日見返している。

　入居者に寄り添うことは、その人が受けて来た医療や治療の経過を知ることだと、夏陽は考えていた。それがどれほど心身に苦痛を与えてきたものなのかを知らず、入居時の診《しん》療情報提供書《りょうじょうほうていきょうしょ》とお薬手帳だけを見ていても、入居者との距離は縮まらない。

　しかしどれもが知らないことばかりだと、話はまた別だ。

「……感受性評価は、ＨＥＲ２《ハーツー》マイナスとＭＳＩ‐Ｈｉｇｈ《ハイ》以外で、二次化学療法までやった。三次化学療法は、永木さんが拒否」

　医療単語の意味や化学療法についても、詳細をほとんど理解できていない。保延からは「数週間にわたって薬剤を投与され続け、心身共に激しい苦痛を受ける治療を、二回も受けて来た」とだけ聞かされている。しかしそれ以上の詳しい内容については「どこまで知りたいの？」と、怪訝そうな顔をされてしまった。それは教えるのが面倒だという意味ではなく、入職から一週間しか経っていない介護職の夏陽がやることは「目の前にある要注意事項を完璧に理解することではないか」という問いかけでもあったのだろう。

たしかに、夏陽は焦りすぎていたのかもしれない。

「やめよう。まず、常に注意することは——」

永木に食事介助は不要とはいえ、カロリー摂取量と体重の確認は常に必要で、増減があれば保延にすぐ報告しなければならない。さらに胃をすべて切除していることから、食後三十分と二、三時間後の二回に分けて「ダンピング症候群」——眠気、倦怠感、動悸《どうき》、めまい、冷や汗など、さまざまな症状が現れないか、目を配らなければならない。

しかも永木は化学療法後の口内炎が痛々しく、しみたり出血したりしないよう、口腔ケアには特別な配慮が必要だった。洗髪も永木自身への介助は要らないものの、フルオーダーで作成されたウイッグのメンテナンスと取扱には、デリケートさが欠かせない。

「永木さん、やっぱり末期なんだよね」

これらの現状を知ってしまった夏陽には、永木があの花火大会の時と同一人物には、とても見えなかった。

あの時の永木は楽しそうな笑顔を浮かべ、まるで——。

「おはよう」

コテージを連ねる屋根付き廊下で、危うく保延にワゴンをぶつけるところだった。

「――お、おはようございます！」

相変わらず淡白なキツネ顔だが、今日は無精髭を剃っていた。どうやら、ゆるふわパーマだと思っていたのはクセ毛らしいうえに、どこからどこまでが寝グセかわからない。無愛想なのやら疲れているのやら、いつも白衣のポケットに両手を突っ込んだまま、目の奥にあるはずの感情が読み取れない。整った顔にもかかわらず近寄りがたい点では、黒服の朔と似たようなカテゴリーだろうか。三十代であることは間違いなさそうだが、まだ歳を聞けるような関係が築けていないので、正確なところはわからない。

「朝食？」

「えっ？　これはあたしのじゃなく、永木さんのです！」

「だろうね」

保延が、わずかに苦笑を浮かべている。

我ながら何を動揺しているのかと、夏陽は顔を熱くした。

「あーっと、あの……先生は」

「CVポートの消毒と、回診」

永木の処置に必要な一式は、居室にすべて置いてある。とはいえ寝グセに手ぶらで廊下を歩いている姿は、どう見ても回診には見えなかった。

「じゃあ、先生。朝食は、それが済んでからの方がいいですかね」

「いや。ちょうど今、呼ぼうと思ってたところなので」

「……あたしを、ですか」

「処置には、女性がいた方がいい。西澤さんは休暇中だし、岸原先生はまだ寝てるから」

たしかに女性の居室に、男性職員だけが入るのは望ましくない。入浴の介助に男性介護士が入ることも問題視される今、昨夜が見回り当番であった岸原を起こすより、夏陽を連れて行く方が理にかなっている。

「な、何をお手伝いすればいいでしょうか！」

「永木さんと、話をしてもらえるかな。清潔と不潔の区別がつくまで、手伝ってもらうことはないから」

夏陽は以前の職場で、この「清潔と不潔」という概念を看護師から教えてもらったことがある。医療現場でいう「清潔」とは、滅菌済みの状態のものを指す。いくら丁寧に石鹸《せっけん》やアルコールで手を洗っても、決して「清潔」の扱いにはならないのだ。

「絶対に近づきません。二メートルぐらい離れていれば、大丈夫ですか？」

「普通に、近くで話してもらってかまわないけど」

「普通って、何メートルぐらいですか？　マスクをした方がいいですか？」

またもや保延に苦笑されているうちに、永木の居室に着いてしまった。

「おはようございます、保延です。CVポートの消毒に、稲さんと来ました」

保延がインターホンを押しながら自分の名前を告げるのを聞いて、夏陽はようやく楽園クロッシングの一員になれたような気がした。

この一週間、夏陽は保延から名前で呼ばれたことがなかったのだ。

「はい。どうぞー」

玄関の内側ロックが解除されたあと、登録済の指紋認証で、ようやく外から入口の引き戸が開けられるようになる。ただし緊急時は例外で、デジタル・マスターキーで強制解除する仕組みだ。

「おはようございます。永木さん、今朝はどうです？」

玄関には訪問者用の室内履きが、出入りするスタッフの分だけ置いてある。咄嗟の介助を想定して、誰もがスリッパではなく白系のスニーカーを用意していた。

「おはようございます。変わりないです」

「いいですね。それが一番です」

「おはようございます。朝食をお持ちしました」

「あ、稲さん。入って、入って」

リビングのソファーに座っていた永木は、すでに着替え終わって夏陽を手招いていた。

「すみませんが、永木さん。朝食は、消毒のあとでもいいですか？」

「……あ、そうですよね」

保延は手際よく、別室に置いてあった処置カートを引き出してきた。居室には日常的な処置に必要な物品は、すべてそろっている。夏陽が聞いた話だと、心肺蘇生《しんぱいそせい》も含めた救急用カートも常備されているらしい。それだけ永木は、いつ何があってもおかしくない状態ということ。その事実がこの笑顔には不似合いすぎて、夏陽には現実味がなかった。

「すみませんが消毒だけなので、そのまま座っててください。洋服が汚れないよう、周りにガーゼを当てます」

処置がしやすいよう、永木はシャツのボタンを開けて、首から右の鎖骨の下までを慣れた感じで露出した。鎖骨の下あたりに、明らかに丸い「異物」が埋め込まれているのが、夏陽にもわかる。よく見るとそこから首まで、細い管のようなものも浮き出ている。体の中に埋め込まれたその人工物に、夏陽はすっかり目を奪われてしまった。

「稲さんがここに来られて、そろそろ一週間ですね。どうですか？　慣れました？」

ここは終末医療の現場――つまり看取りの医療を必要とする者たちの「最期の場所」なのだと、現実味のなかった夏陽に強く訴えかけてきた。見慣れたはずの死が、目の前に座る同年代の永木にも容赦《ようしゃ》なく迫っている現実に、夏陽の心が追いつかない。

「……稲さん？」

「この部屋に来る前から、ずっと緊張してましたから。それより永木さん、ちょっと口の中を見せてもらえます？」

「あ、はい」

「口内炎は大きくなっていないですけど……減ってもいませんね。軟膏《なんこう》、変えます？」

「大丈夫です。食事がしみないように、栄養士さんが気を遣《つか》ってくださってるので」

目視でＣＶポートとそのルートに発赤などの炎症がないことを確認したが、それでも保延は茶色いポビドンヨードを塗って、約一分間消毒することにした。垂れて衣服に着かないよう注意を払いながら、皮膚に着いた茶色をハイポアルコールで消して、消毒は終了。操作は終始、滅菌済みの大きなピンセットと綿球で行われた。

「体に、何か違和感は？　体を動かすと少し息苦しいとか、物を飲み込み辛いとか」

「今のところ、変わりないです」

「体の痛みは？」

「大丈夫です。出てません」

「いいですね。じゃあ、内服も変更なしで」

「それより先生。稲さんは、なんで緊張を？」

永木は自分の体調のことよりも、夏陽が気になるようだった。

「あぁ。まだ清潔と不潔を、完全に理解してないからじゃないですか？」

「そんなに、心配しなくても」

「いや。それぐらいで、ちょうどいいと思います。このCVポートが感染を起こしたら、簡単に入れ直すわけにはいかないですし」

清潔な乾いた綿球でハイポアルコールを拭き取られた永木は、ボタンを元に戻した。

「稲さん？　今日の朝食って、なんです？」

永木に気を遣われ、夏陽はようやく我に返った。

保延の処置中、ただ話しかけることさえできなかったのだ。

「えっと、あのですね――」

慌ててひっくり返さないよう、夏陽は一品ずつ丁寧に取り出してテーブルに並べた。

「――今日は『カニおじや』がメインです」

「えっ、トッピングは何だろう」

「永木さんの好きな、海苔佃煮《のりつくだに》だそうです」

「やった。海苔は消化に悪いから、ダメだと思ってたんですけど」

「佃煮なら大丈夫だって、管理栄養士の土谷さんが言ってました」

「あの人、優しいですよね。わがまま言っても、なんとか叶えてくれるんですけど……わたし、まだ会ったことがないんですよ。どんな人なんです？」

チョビ髭に作務衣を着た小柄な居酒屋の大将だと、なぜか夏陽は正直に言えなかった。

「あれです……めちゃくちゃ、いい人です。小柄ですけど」

物品を片付けながら聞いていた保延が、また苦笑いを浮かべている。

「あと、今日はですね……温泉たまご、ニンジンとカブの煮物、ナスと小松菜のみそ汁、それから果物はバナナはちみつヨーグルトです」

メニューは消化のよいタンパク質と、ビタミンやミネラルが取れるおかずを合わせたもの。見た目だけでは、病人食とは気づけないだろう。

「あ、そうだ――」

永木は、消毒器具を片付け終わって部屋を出る寸前だった保延の足を止めた。

「――保延先生。朝食が済んだら、散歩に行ってもいいですか？」

「もちろん。ただしくどいようですけど、食後三十分経って、早期ダンピング症候群が出ないことを確認してからにしてくださいね」

「じゃあ、稲さん。一緒にお散歩、行きませんか？」

「あたしですか？」

「……ですよね。お仕事、ありますもんね。すみませんでした、つい」

永木は食事も、入浴も、排泄も、介助はほとんど要らない。介護記録やカンファランスも、あってないようなもの。なにせ保延が詳細にカルテを書いているのだから、夏陽は口頭で報告をすれば終わり。夜は二時間ごとに巡回することもなく、２ＬＤＫの部屋に戻って寝て、起きれば朝食の配膳時間が来る始末。残された介護職らしい仕事は、レクリエーションぐらいしかない。

断る理由は、どこにもなかった。

「やっ、全然ヒマです！　むしろ毎日、何をどうすればいいのやら――」

そこで夏陽は、重要なことを思い出した。

「――あの、先生。質問してもいいですか？」

「なに？」

永木がどのような行動や活動ができる状態にあるかは、米国の腫瘍学団体が定めた「パフォーマンス・ステータス」という指標に合わせて、医学的に評価されている。

「永木さんのパフォーマンス・ステータスは『1』ですよね」

肉体的に激しい活動は制限されるが、歩行は可能で軽作業や座っての作業は行うことができる状態――たとえば、軽い家事や事務作業ができる状態にあるということだ。

「だね」

その上で、生活活動や運動の強度をMETs《メッツ》という基準で細かく段階的に区分して、どこまで許可するかを決めていた。ちなみに基準となる「1メッツ」は「座って安静にしていること」だ。

「生活活動は、何メッツまで大丈夫でしょうか」

「3メッツ、三十分ぐらいまでかな。あとは適宜、俺に相談して」

「……3メッツ、3メッツ」

メモ帳を取り出した夏陽は、保延からもらった「生活活動のMETs表」を見た。

「じゃあ、えーっと……普通の歩行はOK、階段を下りるのもOK……犬の散歩？」

保延は苦笑いではなく、今度は満足そうな笑みを口元に浮かべた。

しかしそれ以上に楽しそうな表情を浮かべていたのは、永木だった。

＊

それから毎日、永木のレクリエーションは夏陽との散歩になった。

さすがに梅雨の今、今日のような雨の日は保延の許可が下りない。それでも、永木は部屋を出たがった。そこで天井の高いコテージ棟のエントランスまで行き、窓辺でテーブルを挟んで、岸原から借りたゲームをすることにした。

「……永木さん。これ、見たことあります？」

「いや、ないですけど……」

それは岸原の厚意というより、いつまでも捨てられずに昭和から押し入れの上段奥に仕舞ってあった、昔懐かしい感じの漂うオモチャだった。

四色に塗り分けられた立体円盤に、回せるレーンがいくつも配置されており、なだらかな蟻地獄のように円盤の中心へと窪んでいる。そのレーンを順番に回して自分の色玉を、底にある自分の色穴に落としていくのだ。岸原が子どもの頃に兄と遊んでいたという「沈没大作戦」の外箱には、対象年齢五歳以上と書いてあった。

「どういうことですかね。これを回して？　あたしは、赤い玉を落としていけば──」

「あ。わたしの青玉が一段落ちましたから、次はわたしが回す番じゃないですか？　わたしは稲さんの赤い玉を落とさないよう、自分の青い玉を」

なんだかんだ言いながら、ふたりとも懐かしいオモチャを楽しんでいた。途中で永木が朝食後の後期ダンピング症候群が出ないよう、朔に連絡してリンゴジュースを持って来てもらったぐらいだ。

「はい。稲さん、落ちましたー」

「いやこれ、タイマンだとキツくないですか？」

そこで夏陽は、珍しくエントランスに見知らぬ人が入って来たことに気づいた。

入口に佇んで岸原から説明を受けているのは、二十代前半とおぼしき若い男女のカップルだ。もちろんここは、観光ホテルではない。しかしどう見ても、大きなスーツケースを抱えた、旅行中の学生カップルにしか見えない。

「あれって、業者さんじゃないですよね」

その光景に気づいて、永木の表情が一気に曇った。

「……新しい、入居者さんじゃないですか？」

ここは、楽園クロッシング。末期患者や看取りの医療が必要となった者たちが、最期の願いを叶えてもらう場所。とはいえ、あのカップルはあまりにも若すぎる。

不意に、夏陽は微かな異変に気づいた。

男性が荷物を押して歩き始めた時、靴と黒いスラックスの間から金属が見えたのだ。

「あら。ふたりとも、こんなところで遊んでくれてたのね」

永木と夏陽に気づいた岸原が、テーブルに寄ってきた。

「どう？　私それ、子どものころ好きだったんだけど」

「意外におもしろいですよね」

「意外にって言うあたりが、なっちゃんらしいなぁ」

いつからか、岸原は夏陽のことを「なっちゃん」と呼ぶようになっていた。

「こちら、うちの介護福祉士の稲さんです」

紹介されて慌てて立ち上がる時に確認したが、やはり男性の右足首には金属が見えている。歩いた拍子に、スラックスの裾が靴の踵に引っかかっていたのだ。

「はじめまして。稲と申します」

カップルは軽く会釈するだけで、名乗ることはない。もちろん岸原が、このふたりの名前を口にすることもない。テーブルの永木も無意味に盤面の玉を動かして、あえて視線を合わせないようにしている。

ここでは入居者同士、多くを知らない方がいい。

なぜならここにやって来るのは、やがて失われてゆく者たちだけなのだから。

「あ、なっちゃん。カンファランスは三時からなので、よろしくね」

岸原と共に、言葉少なくコテージの居室へ向かう若いふたり。その背中を見送りながら、夏陽は最後まで男性の右脚が気になったが、その歩き方はどの角度から見てもスムーズで、不自然な印象はまったくない。むしろ背筋に鉄の芯でも入っているかのように姿勢もよく、歩く後ろ姿は毅然《きぜん》としていて、高貴な印象さえ感じる。

では、あの右足首に見えた金属は何なのか。

「それじゃあ、稲さん……わたし、部屋に戻りますね」

不意に永木が、岸原から借りていたオモチャを片付け始めた。その表情には、先ほどまでの笑顔は微塵も残っていない。

「永木さん。よかったらこれ、また明日リベンジさせてもらえません？」

「え……でも、明日は晴れるらしいですけど」

「ホテル棟の向こうにある公園で、どうです？　3メッツは超えないと思いますし」

永木の口元に、少しだけ笑みが戻って来た。

「もう。どっちのレクリエーションか、わからなくなってないですか？」

――こんな風に人と接することを、いつからやめていたのだろうか。

これまでは常に、入居者と介護士の線引きが明確にあった。仕事は仕事、プライベートはプライベート。入居者に感情移入しても、業務は業務だった。

しかしプライベートでも、自分とそれ以外の存在の間に、はっきりと線引きをしていなかっただろうか。つまり他人に感情移入しても、自分は自分だったのではないか――そう考えると、夏陽は複雑な気持ちになる。

「でも、わたしは好きですよ。そういう人」

永木のそのひとことが、夏陽の心の柔らかい部分に優しく触れた。

＊

リゾート居室に連なる管理棟の二階で、夏陽は初めてのカンファランスに参加した。

小会議室程度の空間にホワイトボードと長机が置かれ、向かい合うように椅子が十脚ほど並べられている。緊張のあまり、夏陽はカンファランスルームに一番乗りしていた。

続いてやって来たのは、保延だ。

「どう？　永木さんは」

「明日、晴れたら公園に行って『沈没大作戦』をやる約束をしました」

「……いや、体調の話」

「えっ？　あ、変わらずです！　後期ダンピング症候群もありませんでした！」

いつになったら保延に苦笑されなくなるか、夏陽は自信がなかった。

次に入ってきたのは、いつ見ても黒服の朔だ。

いまだに何の仕事をしているかわからないこの男が、スウェーデン人の祖父を持つ二十五歳の檜沢《ひざわ》・ザカリア・朔だと、最近になってようやく保延から聞き出したばかり。この落ち着いた雰囲気で二十代とは、さすがに驚いた。

「晃平さん、お疲れ様です」

「サク。あっちの準備、進みそうか？」

「大丈夫です。一番厄介なやつは、押さえましたから」

「助かるよ」

しかし保延のことを「晃平さん」と呼ぶ理由は、まだ教えてもらっていない。

「ちーす。おっかれーっす」

居酒屋の大将っぽさが払拭できない、管理栄養士の土谷禅《ぜん》は、相変わらず作務衣に雪駄という姿。どうやら以前は、本当に個人で居酒屋を経営していたらしい。

「保延さん。あとで永木さんのメニューのことで、ちょっと相談、いいっスか？　使いたい食材があるんスけど」

なぜか土谷は、保延に「先生」を付けない。その口調と雰囲気には、どこか昔ながらの付き合いがあるように思えてならなかった。

「あらら？　もしかして、僕が最後？」

そして夏陽が一度も言葉を交わしたことがないメインスタッフである、もうひとりの医師、瀬川秀弥《せがわひでや》が到着した。

「秀さん、セーフですよ」

なぜか朔が「秀さん」と呼ぶ、無造作ショートヘアの四十一歳。えらが張っているうえに細身なので、どうしても頬がこけて見える。

「あ、保延先生。次は、僕が担当する番でいいんだよね？」

「ですね。俺がサポートで」

そんな保延は三十六歳だと、永木から教えてもらった。

岸原に聞いたところ、瀬川は大学病院の整形外科で専門医を取得した後、麻酔科に転科。そこでも麻酔科専門医とペインクリニック専門医を取得し、四十歳にして予定していた人生設計の大半を完成させてしまったという。

それなのに、不意に「レールに乗った、つまらない人生だ」という思いが、頭から離れなくなったらしい。

完璧な人生の何が不満だったのか、夏陽にはまったく理解できない。もちろん楽園クロッシングに来た理由も、まったく想像がつかない。

しかしそんなことを言えば、一番素性がわからないのは、保延かもしれない。なにせ自分のことをあまり話さず、興味がないのか人のことも聞いてこないのだ。

「はい、はい。みんな、そろってますか？」

最後に、岸原がやって来た。

つまりこの六人が、新しい入居者のメインスタッフということだ。担当介護士に関しては、次は西澤の番だが、まだ休暇の一か月が終わっていない。介護士らしい役割を果たせていないと感じていた夏陽は、とくに異論なく二人目の担当も引き受けた。

「保延と瀬川先生には簡単に知らせていましたが、さっそくカンファランスを始めましょう。朔、資料を配ってくれる？」

ちなみに岸原が保延を呼び捨てにする理由も、夏陽は知らない。

「入居者は大高詠貴《おおたかえいき》さん、二十一歳男性――」

社交ダンス部の大学生。しかしその経歴はただのクラブ活動などではなく、プロを目指してジュニアから続けていた本格的なものだった。全日本学生競技ダンス選手権大会で二位、アマチュアの社交ダンス競技会ではラテンでB級という、この世界ではかなりの実績の持ち主らしい。

「未来ある、青年だったのに……」

隣の椅子で、瀬川が小さくため息をついた。

大高は競技社交ダンスのアマチュアA級の昇格を目前にして、悪性の骨肉腫《こつにくしゅ》である「ユーイング肉腫ファミリー腫瘍《ESFT》」を、ダンサーの命ともいえる右脚脛骨《けいこつ》に発症していた。しかも抗がん剤治療により肉腫を縮小させたあとの治療は、驚くことに右脚を膝の下から切断することだったのだ。

「切断⁉」

「なっちゃん、質問？」

「あ、いえ……すいません、つい」

この疾患は元々が悪性だが、十五歳以上で発症した場合、予後がさらに不良になるという。右脚を切断した後も放射線治療を受けて、それでなんとか三から五年後の生存率が70%前後になるチャンスを大高は得た。しかしそれは、死ぬ可能性がまだ30%も残っているということ。それでも悪性腫瘍の経過としては「良好」だと判断されることに、夏陽は愕然とした。

そもそも【5年生存率】とは、とりあえず五年後を目指して生きていける確率のことらしい。ということは五年を待たず、三年後、一年後、あるいは半年後や数か月後に容態《ようだい》が急変してしまうことも、すべて含んだうえでの確率なのだ。

いつ死ぬかわからない確率が30％もあるのに、なにが経過良好だと、夏陽は憤った。

「大高さんは、将来的には世界も目指せるほどの競技社交ダンサーでした。復帰を望む彼にとって、右脚膝下からの切断による『義足』という状況は、絶望的です」

夏陽は、エントランスでの大高を思い出した。あの右足首に見えていた金属は、どうやら義足だったようだ——とはいえ、歩き方があまりにも自然すぎないだろうか。

「岸原先生、いいですか？」

主治医を担当する瀬川が、手を挙げた。

「そもそも、競技社交ダンスってなんです？」

「社交ダンスは優雅な大人の嗜みに思われがちですが、実は『ランキング』を意識した時点から、アスリートたちによる苛烈な競技になります」

「先生、詳しいですね」

「まぁ、多少は勉強しましたから」

「その競技社交ダンスって、義足でどこまで踊れるものなんですか？」

「長年の練習で培ったバランス感覚と、高度な技術が要求されます。そのため一般的には、通常の義足で術前と同じ技術を再現することは、不可能だと考えられています」

大高はパラリンピックに出場している義足の選手たちの姿を見て、自らもアスリート用の義足を調達していた。なんとしてでも競技社交ダンスに復帰しようと、まさに血の滲むようなリハビリと練習に励んでいたのだ。

「……でも、転移してるとなると」

無情にも肉腫は、大高の肺に転移してしまった。つまりそれは、五年後まで生きている確率が20％以下になってしまったということだ。

そんな絶望の中、肺全体に放射線を照射《しょうしゃ》する全肺《ぜんはい》照射治療を受けると、大高は決意した。なんとしてでも生き延びて、競技社交ダンスに復帰する。そのために、再び過酷な治療の賭けに出たのだ。それでも五年後まで生きられる確率を、40％に引き上げるのが精一杯だったというのに。

「全肺照射後の、肺機能はどうなりました？」

「低下しましたが、改善しています」

「改善？」

岸原の言葉に、瀬川は眉をひそめた。

「彼は、信じられないほど強い人です」

肺全体に放射線をあてた代償として、大高はアスリートにとっては拷問ともいえる、心肺機能の低下と向き合わざるを得なくなった。それでもなお諦めずにリハビリとトレーニングに励んだのは、もはや執念としか思えない。

「強いっていうか、尋常じゃないよ……」

瀬川は、大きくため息をついた。

抗がん剤などの化学療法、右脚の切断、肺への放射線治療——そこまでやってもこの悪性腫瘍は、さらに大高の背骨まで蝕んだのだ。

「そこで主治医からは最後に、造血細胞《ぞうけつさいぼう》移《い》植《しょく》併用大量化学療法が提案されています」

「で、大高くんは？」

「すべて拒否されました——」

夏陽は、その言葉の意味を噛みしめた。

「——限られた残りの命は、意味のあるものに使いたいと」

競技社交ダンスに復帰することだけを目標に、何度も何度も苦しい治療に耐えてきた。

そのたびに乗り越え、リハビリとトレーニングに励み、病魔と戦い続けてきた。

それなのに五年後まで生きていられる確率は、治療を重ねるごとに70％、40％と下がっていった。おそらく次の治療で期待できる5年生存率は、さらに下がるだろう。

だから最後に、大高は自分の命と最期の願いを天秤にかけた。

そして、ただ生き延びるだけという選択肢を捨てたのだ。

「……時間、ないですね」

やるせない表情で、瀬川は天井を仰いだ。

「今回は、かなり際どいと思います」

「それで、彼の最期の願いは変わらず？」

「もちろん『競技社交ダンスのアマチュアA級ランカーに挑む』ことです」

「本気で、脚を切る前に戻る気なんだな」

とはいえ、そんな状態でアスリート級の運動能力が必要な、競技社交ダンス――しかもアマチュアA級といわれるランカーに挑むことは、果たして可能なのだろうか。

もちろん岸原がその気になれば、挑むことは可能だろう。プライベートジェットでイタリアへ行くことも、本格的な花火大会を開催することも可能だったのだから、むしろ簡単なことかもしれない。

ただし、それで大高が満足するだろうか。

挑む、競う、ということは、同じステージに立てばいいというものではない。そんなことのために、大高が命を代償として差し出したとは思えない。

間違いなく、脚を切断する前に時を戻したいのだ。

「ちなみに、一緒に入居したのは彼女ですか？」

「競技社交ダンスのアマチュアB級で、元パートナーの金森《かなもり》美乃里《みのり》さん。大高さんとは、小学生の頃からの幼なじみだそうです」

そんなパートナーを務める金森は、大高の気持ちをどう受け止めているのだろうか。

「確認なんですが……大高くんのご両親は、どうなりました？」

「大高さんご本人の強い希望で、その時が来るまで那須塩原に滞在してもらっています。学生さんとはいえ、彼は立派な成人。その旨、ご両親も了承されています」

そこで、管理栄養士の土谷が手を挙げた。

「アスリート食になると思うんですけど、本人と直接話をしてもいいっスか？」

「ぜひ、お願いします」

隣の瀬川は、さっそく保延と打ち合わせを始めている。

「保延先生、ＥＳＦＴの経験は？」

「大学病院時代、血液班で白血病《ロイケ》とウイルムス腫瘍なら」

「じゃあ、大丈夫だね。ペインコントロールなんだけどさ、ダンサーさんだから——」

瀬川を主治医として、保延がそのサポートをする。

土谷は管理栄養士として、アスリート食を提供する。

「朔、ちょっといいですか？　チーム『ＢＡＬＬＲＯＯＭ』の方たちですけど——」

岸原に呼ばれた朔には、裏方としての重要な仕事があるに違いない。

では、夏陽の仕事は何だ。

「あの、オーナー」

資料によれば、大高には日常生活を送るうえで大きな支障がない。入浴時でさえ介助は不要となっているので、ともすると介護認定は「自立」だ。

「……あたしは、なにを」

「焦らないで。その時が来れば、頼りにしなきゃならないんだから」

そう、ここは楽園クロッシング。

歩いて入居しても、歩いて出て行けるわけではないのだ。

＊

大高の起床時間が遅いため、朝の配膳はひとりでも困らなかった。

ここでは、入居者に食事時間の強制はない。永木は一日六回食であるため、就寝時間からの逆算で朝食は八時と決められたらしいが、大高がその時間に合わせる必要はない。いつも起床が八時半前後ということだったので、朝食は九時に決まった。

だから夏陽はまず永木に朝食を運び、雑談をしながら体調に変化がないかを確認する。居室のルームメイクを終わらせ、内服薬の確認をしたら、早期ダンピング症候群が起きないことを見届ける。

それから社食に戻って大高の朝食を運んでも、九時には間に合う。しかも大高は金森と同室のため、配膳は一か所。なにより、このふたりにも食事介助は要らない。

こうして考えると、自分が何のためにいるのか、夏陽はわからなくなる時があった。

「土谷さん。コテージ棟三号の朝食、二名分お願いしまーす」

「あいよー」

社食の慌ただしい時間から解放されたせいか、土谷はペットボトルのお茶を飲みながら、雪駄を鳴らしてゆったりと厨房から出てきた。

「こっちが大高くん、こっちが金森さんね」

ふたり分なので、土谷はキャンプに持って行くような保温ボックスに、朝食プレートをセットしてフタをした。もちろん、スープなどの液体は別容器だ。

「金森さんのは、栄養バランスとカロリー調整だけなんだけど……大高くん、すごいね」

「あ、お話しされたんでしたよね」

「フツーに除脂肪体重《LBM》の話も通じるし、自分のトレーニング期の消費エネルギー量とか知ってるしさ。なんていうか、ストイックだよね」

「や……あたしはまだ、そこまで関われてないので」

「いちおう、希望は聞いたんだけどさ。正直なところ今の状態で、そこまで普通食を食えるモンじゃないじゃん?」

あれだけ背筋を伸ばして毅然と歩いていても、カンファランスで聞いた治療経過と肉腫による肉体的なダメージは、やはり相当なのだ。

「栄養バランスとカロリーは希望通りにできたけど、消化の負担がかからないように調理してるから、食感で不満がないか聞いといてくれない？　とくにタンパク質の摂取は量的に大変だから、プロテイン・パウダーを使ってるし」

「わかりました」

「あと、間食の相談もしたいって言っといてよ。入居二日目から練習を始めるとか……こっちも全力でやんないと、まじ負けてらんないって感じなんで」

土谷の作る永木のメニューも、毎日、毎食、夏陽は見ていて飽きないと感心していた。茶碗蒸し、鶏肉のみそ豆腐、チーズリゾット、点心、かぼちゃの蒸しパンからバナナクレープまで、夏陽はまだ同じメニューを目にしたことがない。

おそらく土谷のプライドなのだろうと、夏陽は思っていた。そんなプロ意識の持ち主だからこそ、楽園クロッシングに呼ばれたのだ。

しかし夏陽は永木に続き、現状では大高にも介護士として積極的に関わることはない。

「……オーナー、なんであたしなんかに声をかけたんだろ」

保温ボックスの載ったカートを押しながら軽くため息をつき、大高と金森の居室であるコテージ棟三号でインターホンを鳴らした。

「おはようございます、介護士の稲です。朝食の配膳に」

言い終わる前に、引き戸の内側ロックが解除された。続いて夏陽は乾燥した親指に息を当て、なんとか今日は一回で施錠の解除に成功した。

「おはようございます」

玄関に手をかける前に、背の高い大高が姿を現した。

刈り上げたツーブロックのショートヘアが似合う、端整な顔立ちだ。決して表情豊かではないが、姿勢がいいというだけで無愛想な印象は打ち消されてしまうらしい。この姿を見て、もう打つ手のなくなった悪性腫瘍の末期患者だと、癌による激しい痛みをあらゆる手段で抑えていると、誰が気づくだろうか。

「……お、はようございます」

しかし夏陽の目を惹いたのは、立っているだけでポスター撮りのポーズを思わせる、その毅然とした雰囲気ではない。部屋着の短パンから見えていた大高の義足が、あまりにも異質だったからだ。

大高の義足は、先端技術を駆使したロボットを思わせる三つのパーツで構成されていた。太ももの中ほどからすねの半分までは、人体の脚を模した黒いカーボンファイバー製。そこから先はふくらはぎの下半分を思わせる、アルミ製の別パーツが接続されており、いわゆるダンパーとジョイントパーツで「脚」と「足首」の動きを制御している。そして最後に取り付けてあるのが、ローファーのような形をした「足」の部分だ。

「あの、痛みとか……体調にお変わりはないですか？」

「大丈夫です。あとは、おれが運びます」

運べますか――という言葉を、夏陽は辛うじて飲み込んだ。

「じゃあ、これ。金森さんとおふたり分で、こっちが大高さんの」

保温ボックスから朝食プレートを取り出しながら、このまま手渡していいものか、夏陽は躊躇した。

「おれらが行ける食堂って、ないですか」

しかしなんの違和感もなく、ぎこちなさもなく、大高は玄関から一歩踏み出して朝食プレートを普通に受け取った。銀色のブロックパーツに小さなランプが点滅しているところを見ると、いま明らかにこの義足が高度な制御をしているのだと、夏陽にも理解できる。

「旅館でもないのに、介護士さんに食事を運んでもらうのは申し訳ないので」

「いえいえ、気にしないでください。ここって、そんなに忙しい施設じゃないので」

「美乃里。自分の分は、自分で運べよ」

部屋を振り返る脚の捻りさえ、この義足はものともしない。これほど体に馴染んで滑らかに動く義足に、夏陽は唖然とした。昨日まで必死に調べていたものとは、形状から動きに至るまで、何もかもがあまりにも違いすぎる。

それにもまして、夏陽には信じがたいことがあった。

それは瀬川から聞いていた、大高を苦しめ続けている癌性《がんせい》疼痛だ。

脚から肺に転移し、さらには背骨にまで転移した肉腫。とくに背骨からは痛みや運動を司る神経が無数に出ているため、それらが障害されると、常に耐えがたい痛みを出し続けるのだという。

しかし目の前の大高からは、痛みをうかがわせるものは何も見えてこない。これが瀬川の持つ「ペインクリニック専門医」の特殊技能の凄さなのかと、夏陽は改めて感嘆した。

「おはようございます」

「あ、金森さん。おはようございます」

奥から出てきた元パートナーの金森は、すでに動きやすい普段着だった。大高と同様、その姿勢のよさと腰のくびれは、玄関に立っているだけで人目を惹く。後ろで一本に束ねた、艶のある長い黒髪。夏陽が片っ端から観た社交ダンスの動画では、女性が複雑で真似できそうにない編み込みをしていることが多かった。金森も踊る時は、このきれいな黒髪を優美に編み込んだうえに、煌びやかなヘアアクセサリーを纏うのではないだろうか。

「これ、熱々っぽいからな」

「どっちが、詠《えい》くんの？」

「タンパク質の多そうな方」

「えー。それ、どっち？　なんか、見たことないゼリーとかあるんだけど」

「たぶん、こっち」

ふたりはまるで、長年連れ添った仲のいい夫婦のようだ。少なくとも迫り来る死を意識した重苦しい雰囲気は、微塵も感じられない。永木もそうだが、なぜみんなこれほど気丈でいられるのか、夏陽には不思議でならなかった。

「介護士さん――」

所在なくカートを押して帰ろうとしていた夏陽を、大高が呼び止めた。

「――ホテル棟って、入ってくる時の駐車場の向こうにあった、あの建物ですか」

「そうですけど」

「二階の中会議室って、行けばわかります？」

「あーっと、二階ですか。あの建物、ほとんど社宅として使われてるらしいので、エスカレーターが動かないんですよ。だから入って、まっすぐ行って……えーっと、次の太い柱のところ？　を左に入ると、エレベーターがあるはずなんですけど……」

説明を聞いている大高は、無表情のままだ。

「……すいません。あたし、案内します」

「助かります。そこで練習できるらしいんで」

「あの、大高さん――」

ある意味、この会話は夏陽にとってチャンスだった。

この義足がどれほどの物なのか知っておきたい。いずれ自分の出番が来た時のために、何か介護に役立つような情報になるかもしれない。そういった建前はいくらでもあった。

しかし正直なところ、夏陽は大高と金森の踊る姿を見たかったのだ。

「――ラテン、なんですよね？」

調べてみると、夏陽がイメージしていた優雅に舞う社交ダンスは「スタンダード」であり、ラテンは素人目にもまったく別ものに映った。

大高ペアがA級に挑んだのは、そんなラテンの中でも「ルンバ」と呼ばれる種目。その動画を見続けて夏陽が思い描いたのは、華やかな鳥たちが舞う優美な求愛ダンスだ。今まで一度も触れる機会のなかった社交ダンスだが、夏陽は瞬く間に魅了されていたのだ。

「お邪魔じゃなければ、なんですけど……もし、あれなら……隅っこの方でいいので」

「はい」

大高の変わらない表情を見て、夏陽は我に返った。

冷静になって考えれば、明らかに邪魔だ。あとどれだけ練習できるかわからない状況で、夏陽に見られていては集中できるはずがない。そもそも大高に残された貴重な時間に、興味本位で首を突っ込むなど、人として明らかに間違っている。

「……や、すいません。失礼しました」

「はぁ……」

そこへ、朝食のプレートを運び終えた金森が戻って来た。

「ごめんなさい、稲さん」

「あっ、いえいえ。とんでもないです。申し訳ないのは、あたしの方で」

「いえいえ、そうじゃなくてですね」

金森は、隣の大高を肘でつついた。

「なに」

「詠くん、昔からこんな調子でニブいんです。空気が読めなさすぎっていうか、感情表現が乏しすぎっていうか……フロアに出ると、別人になるんですけどね」

大高は、怪訝そうに首をかしげた。

「稲さん。もしかして、社交ダンスに興味があります？」

「えっ！　や、あの……なんて言うか」

「勝手な勘違いだったら、ごめんなさい。なんとなく、見学されたいのかなと思って」

にっこり笑った金森は、ダンス以外でも大高のパートナーのようだった。

「いいんです、金森さん。あたし何も知らないですし、練習の邪魔になっちゃうので」

「なに言ってるんですか。社交ダンスは、見られてナンボですよ？　それに担当の介護士さんなんだから、いいよね？　詠くん」

「ぜんぜん」

金森に合わせて口元に笑みを浮かべようとしていたが、大高の目は笑っていなかった。

「今のは、全然ＯＫっていう意味です。ちなみにこの顔も、怒ってませんよ？」

「じゃあ、ちょっとだけ……会議室の入口から見させてもらっていいですか?」

「そんなに離れてなくても、大丈夫ですよ。それにどうせ、主治医の瀬川先生も来られるわけですから」

主治医がいるのなら、担当介護士も少しぐらいは見ていいのではないか——そんな誘惑に負けた夏陽は、初めて生で社交ダンスを見学させてもらえることになったのだった。

＊

ホテル棟の二階にある中会議室は、大高と金森のためにリノベーションされていた。床はすべてサクラ材の板張りで、壁も全面鏡張り。長机やホワイトボードもない。その代わり、何台ものモニターとケーブルだらけの見たこともない機材が、大高の義足のためだけに運び込まれている。

それを神妙な顔で囲んでいるのは、四人の外国人エンジニアたち——チーム「ＢＡＬＬＲＯＯＭ」の面々。そこへ交ざって流暢な英語でやり取りをしているのは、驚くことに黒服の朔だった。

「しかし、何度見ても信じられないな——」

エンジニアたちにはまったく興味がないのか、鏡の壁を背にパイプ椅子に座った瀬川は、夏陽の隣でふたりのダンスを見つめている。

「——あれが、義足で踊ってるなんて」

大高は幅広でストレートなシルエットの真っ黒いラテンパンツを穿き、上はタイトな黒いロングTシャツ姿。金森は朝食を運んだ時と変わらず、動きやすい普段着のまま。天井のスピーカーからは、ややハスキーな女性シンガーの歌う、ゆったりとした四拍子の海外ポップミュージックが流れていた。

「稲さん。この曲、知ってる？」

ずっと大高を見ていた瀬川が、不意に振り向いた。

「……い、いえ」

「僕が生まれた頃に、アメリカでビルボードの一位を獲得した、ヒット曲なんだって」

歌詞の意味もビルボードの意味も、夏陽にはわからない。しかしその歌声と切ないメロディが、決してハッピーな内容ではないことを物語っている。

「気づいてくれるまで　私はあなたに呼びかける　何度でも　何度でも——か」

「そんな歌詞なんですか？」

「ふたりの、どっちがこの曲を選んだんだろうね」

離れては近づき、近づいては離れる、大高と金森。大高がリードしているようでいて、手放した金森が、自らのもとへ帰ってくるのを待ち焦がれているようにも見えた。

互いに体をしならせたかと思えば機敏に伸ばし、大高にもたれかかった金森が、脚を絡ませたままその腕の中で背を反らす。ふたりの両腕はまるで羽のように自由で、大きく広げては時に空を仰ぎながら、互いを呼び寄せるように離れた手を求め合う。

ルンバのテーマが「男女の愛」だと、夏陽は昨日知ったばかり。残された自らの命を差し出してまでルンバに固執した大高には、金森に伝えたい何か大切な気持ちがあるような気がしてならない。

そんなことを考えながら見ているうちに、一分半のダンスを五回繰り返したふたりは、小休止に入った。

「大高さん、お疲れさまです。調整とフィードバック、いいですか?」

それを待っていたかのように駆け寄った朔は、機材とモニターの前で待つ四人のエンジニアたちのところへ、大高を連れて行ってしまった。

「稲さんは、義足って見たことあった?」

瀬川は白衣のポケットから缶コーヒーを取り出し、フタを開けてひとくち飲んだ。

「いえ。これが初めてです」

「あれ、世界トップレベルの生体工学義足《バイオニックレッグ》をベースに作られたものらしくてさ。ロボット《ロボティ》工学《クス》を駆使して、大高くん専用に制御されてるんだって。どうやって大高くんの脚に義足を取り付けるか、どうやって生身の脚のように動かすか、そしてどうやって大高くんの神経系と情報交換するか——その最先端が、あれ」

「情報交換って……あの義足、大高さんと繋がってるんですか？」

「まぁ、見ててごらん」

椅子に座った大高は、ラテンパンツをまくり上げて義足を外した。切断は膝下10cmからだが、義足自体は太もも半ばまで装着するものだ。

「二十一世紀になってもさ、いまだに靴ズレってなくならないじゃない？」

なぜ靴ズレの話になるのか、夏陽にはわからなかった。

「義足も同じで、ピッタリ合ってりゃいいってモンでもなくてさ。靴ズレより、もっとひどいヤツになるのよ。踊るどころか歩くのも痛いんじゃ、意味ないじゃない？　だからあれ、大高くんの脚にあたる部分によって、硬さが常に、変わるらしいよ」

「……どういうことです？」

「電気が通ってなければ紙のように軟らかく、電気を通せば板のように硬くなる。そういう人工皮膚素材が、義足と大高くんの脚の間にあるんだわ」

そう言われても、少しも理解は進まない。そんな夏陽に、瀬川は笑顔で説明を続けた。

「立ってる時、歩いてる時、走ってる時、踊ってる時——踊っている時でも、脚の角度や荷重によって、義足と大高くんの接触面の圧力は常に変化する。だからその動作に合うように、部分的に硬くなったり軟らかくなったり変化するんだって」

「それじゃあ、まるで脚が生きてるみたいじゃないですか」

「だから、生体工学義足《バイオニックレッグ》って言うんじゃない？　ほら、あれ見てごらん」

義足を外した大高の脚に、いくつかのケーブルがシールで貼り付けられていた。それらは離れた場所でデータ取りをしている義足に繋げられ、大高の意のままに動いている。

「……あれ、どうなってるんですか？」

「ないはずの脚を動かそうと考えると、脳からの電気信号は、脚の先端に残された筋肉までは伝わる。そこから先はその筋肉の出す電気信号を、電極が義足に伝えている――しかも脊髄の反射まで解析して制御するチップが埋め込まれてるんだから、あの義足は機械的にいい、再生された大高くんの脚って言えるんじゃないかな」

細かいことはわからなかったが、あれは夏陽がＳＦ映画で観たことのある、取り外しのできるサイボーグの脚だ。そんなことまで、今の技術では可能なのだ。

「運動指令を受け取った義足の足底が地面に接地すると、コンピューター制御で地面にあたる衝撃を和らげる。次につま先が回転力《トルク》と出力を上げ、前に進んだり階段を上ったりするために、義足を押し上げる。驚くことに、それは人間のふくらはぎ周辺の筋肉と同じ動きなんだよね」

夢中になった瀬川の説明は止まらない。

「だから大高くんはスムーズに歩けるどころか、あんなにうまく踊れるわけ。ちなみに一回見せてもらったんだけど、神社に続く長い階段も、手すりを使わずに軽々と駆け上がっていったからね。あれは整形外科医として、衝撃だったよ」

最先端の技術者たちにまでコネを持ち、多額の資金をものともしない岸原とは、いったいどんな人物なのか。夏陽はまったく想像がつかず、少し恐くなってきた。

しかしこれさえあれば、大高の最期の願いを叶えることは——。

「すみません！　瀬川先生！」

そこへ金森が、慌ててやってきた。その視線は、向こうで義足のメンテナンスをしている大高を何度も振り返っている。

「ん？　どうしたー？」

「詠くんが！」

ダンスの最中とは打って変わり、金森の表情には動揺と焦燥、そして悲壮感が入り混じっているように見える。

「まさか……」

「たぶん、練習の前から痛くなってたんじゃないかと」

「……あれが、緊急除痛《レスキュー》を必要とするヤツの演技か？」

夏陽は耳を疑った。

癌が体を蝕んで引き起こす痛みは、尋常ではないと瀬川は言う。たとえるなら痛みで眠れず、痛みで起きられず、痛みで何も考えられない毎日が続く様を想像して欲しいと、夏陽は教えられていた。しかも大高の肉腫は、内臓や神経、さらには体を支える背骨にまで転移している。いくら疼痛管理《ペインコントロール》がうまくいっても、肉腫の侵食は止まらない――それが忌まわしき、癌性疼痛というものなのだ。

「すみません！　私、気づくのが遅れて！」

「いや、金森さんのせいじゃないよ。練習初日だからって……あいつ」

小さくため息をついたあと、瀬川はエンジニアチームに囲まれている大高のもとへと走って行った。そして朔の通訳を介さずに説明すると、すぐに大高を車イスに乗せて足早に練習用会議室をあとにした。

「……どうしよう、詠くん」

気づくと、金森が声を殺して泣いていた。

さっきまで華麗に舞っていた金森美乃里は、もういない。ここにいるのは、あふれ出る感情をなんとか抑え込もうと必死な、二十一歳の女子大学生だ。

思い返せば、大高の隣で笑顔を浮かべて朝食を受け取っていた時から――いや、ここに入居するずっと前から、心は張りつめていたに違いない。

肉腫が肺や背骨にまで転移して、残りの命がどれぐらい残されているかわからない。そんな幼なじみを前に、どれだけ強い心があれば笑顔でいられるだろうか。

「私のせいなんです……ぜんぶ、私のせいなんです……」

夏陽は慌てずハンカチを取り出すと、金森に手渡して穏やかに語りかけた。

「隣、座りませんか？」

肩に手を触れられた瞬間、金森は腰から崩れるように椅子に座り込んだ。

「……普通にしてなくちゃダメなのに、泣いちゃダメなのに……なんで、私」

夏陽は何も言わず、そっと金森の肩に手を回した。

泣いて感情を吐き出すことは、決して恥ずかしいことではない。

人間は喜怒哀楽で構成されている。その割合が人によって違うだけで、まったく持ち合わせていない感情はない。だから、泣きたい感情を嫌悪してはいけない。ましてやそれが自分に向けられたものなら、なおさら否定してはならないのだ。

「……できないよ、詠くん……ごめんね……私、弱くてごめんね」

金森から湧き上がる嗚咽《おえつ》は止まらなかった。

それでも感情の決壊が収まるまで、夏陽は隣で黙って金森の肩を抱いていた。

「すみません、稲さん……」

「あたしの方こそ、金森さんの気持ちに気づけなくて、ごめんなさい」

再び声を殺して泣いたあと、金森は首をうなだれて言葉を続けた。

「詠くん……たぶん前より、体の痛みがひどくなってると思います」

「よく、気づいてあげられましたね」

「バックワード・ウォークの時に……変だなって」

その動きがどんなものか夏陽にはわからなかったが、ジュニア時代からのパートナーならではの気づきだったに違いない。

「……あまりにも普通に見えるんで、錯覚しちゃうんです。実は詠くんの病気は、止まったんじゃないか……奇跡的に治ったんじゃないか……奇跡なんて、あるはずないのに」

声を詰まらせた金森の気持ちは、夏陽にも理解できた。

あの大高は、あくまで瀬川のペインコントロールによる、見せかけの大高。決してその内側で、肉腫の侵食が止まったわけではない。

うなだれていた顔を上げ、金森は奥歯を嚙みしめた。

「詠くん、きっとこう言ったんじゃないですか？　『アマA級の昇格試験を目前にして骨肉腫になった』って。だから、どうしても最期に挑みたいって」

「カンファランスでは、そう聞きましたけど」

「……違うんです。私たち、アマA級の昇格試験は一度受けているんです」

「えっ？」

執念にも似た大高の最期の願いが、夏陽の中で揺らいだ。

ならばこれは、大高のアマチュアA級昇格への固執だというのだろうか。

しかし夏陽が調べた限り、上の級《クラス》へ昇格するには、数ある社交ダンス団体の開催する大会のどれかに出場して認められなければならないはず。たとえ岸原がお金でアマチュアA級ペアを呼んで勝ったところで、誰からもA級だとは認められないのだ。

「あのA級昇格試験は、私のミスで不合格になったんです――」

金森が言うには、昇格試験とは審査員の前で一組だけが踊り、評価される形式ではないという。ひとつのフロアの中で、背番号を貼った何組ものペアが同時に踊り、その中で評価される。つまり良いポジションの奪い合いであり、競技社交ダンスと呼ばれる理由のひとつに挙げる者もいるほど激しいらしい。

そんな中、ステップと表現に集中しすぎた金森は周囲が見えなくなり、他のペアと接触して転倒する、痛恨のミスを犯してしまった。ルンバを踊るペアは離れては近づき、近づいては離れる、まるで互いに求愛する情熱的な南国の鳥。しかし遠くへ羽ばたきすぎれば、そこには別のペアの縄張り《テリトリー》がある。ルンバの実演を目の当たりにしたばかりの夏陽には、そんな光景が想像できた。

「あの時、私があんなミスさえしてなければ……私たちは間違いなく、A級に昇格できていました。そしたら詠くんは――こんなことに残りの命を使おうなんて思わなかったはずです！　私がミスさえしてなければ、詠くんは最後の望みをかけて治療できたんです！　まだ生きられる可能性が、詠くんにはあったはずなんです！」

今まで腹の底に溜まっていた激しい自己嫌悪と取り返しのつかない後悔を、金森は一気に吐き出した。それは自責の念に苛まれ続けながらも、大高の隣では今までと同じように微笑んでいることこそが贖罪だと心に決めた、金森の慟哭でもあった。

「それなのに……ぜんぶ、私のせいで……詠くんは、こんなことに未練を残して」

肩を震わせて嗚咽する金森に、かける言葉が見あたらない。

しかしその話を聞いた夏陽には、引っかかることもあった。

延命治療を拒否し、最先端の生体工学義足まで使い、アマチュアA級ペアに挑戦して勝ったとしても、公にはA級昇格が認められるわけではない。つまり大高の最期の願いがA級への「昇格」ならば、必要なのは競技社交ダンス団体で勝負を挑むこと。あるいは「八百長の判定」をしてもらうために裏金を積むこと。むしろ話はシンプルになり、楽園《ここ》クロッシングへ入居する必要さえなくなってしまう。

では「挑戦すること自体」が願いなのか。

ところが金森が言うには、A級にはすでに挑戦しているのだ。

もちろんA級への「昇格」など関係なく、A級ペアに「勝つこと」を最期に願ったと考えられなくもない。だとすれば、それは大高の意地とプライドと言えるだろう。

なくはない、と夏陽は思う。

しかしそのために払った代償は、あまりにも大きすぎないだろうか。

「ごめんなさい……稲さんは、何も悪くないのに……こんな、当たり散らして」

不意に立ち上がった金森は、涙を拭った。

「こんな顔、詠くんに見せられない」

「金森さん。もしよかったら、少しロビーでコーヒーでも――」

「ありがとうございます。でも私、詠くんが帰って来る前に……いろいろ準備しなきゃ」

そう言って金森はフロアに戻り、ふたり分の荷物を手早くまとめ始めた。

もしかすると準備とは、笑顔に戻る準備のことかもしれない。

「あたしにしてあげられること、ほんとに何もないんだな……」

そしてまた、自らの無力さが押し寄せてくる。

「夏陽さん」

「はい！」

初めて名前で呼ばれ、夏陽は思わず起立した。

そこにはいつからいたものやら、申し訳なさそうに朔が立っている。

「これ、たぶん大高さんの忘れ物だと思うんですけど」

そう言って差し出されたのは、白いプラスチックケースに入れられたスマホだ。あっという間に瀬川が大高を連れていったので、おそらく手にする暇もなかったのだろう。

フロアを見ると、金森の姿はもうなかった。

「あ、わかりました。あとで、渡しておきますね」

手にしたスマホケースには、淡い紫の花柄がデザインされていた。

「それ、珍しいですね」

「どこの機種なんですか？」

「いえ。スマホの機種ではなく、そのケースのデザイン。一点モノ《ワンオフ》ですかね」

あらためて見ても、夏陽には何が珍しいのかわからない。

「デンドロビウム・ファレノプシス——略して、デンファレ。ランの一種です」

「これ、蘭の花なんですか。サ——檜沢さん、詳しいですね」

「サクでかまいません」

「……す、すいません」

気まずくなった夏陽は、スマホケースに視線をそらした。

「ばあちゃんが、宮城県で園芸をやってたんです。と言っても、山形との県境なんですけどね——」

日本人離れした彫りの深い顔で流暢に「ばあちゃん」などと話されると、夏陽にはいまだに違和感しかなかった。

「珍しい花なんですか？」

「いえ。低温が苦手で、栽培初心者には難しいだけです。ただデザインとして、デンファレだけのスマホカバーというのは——大高さん、なにか思い入れでもあるんですかね」

「見ないです？　あたし、あまり気にして選んだことがなくて」

「蘭なら胡蝶蘭の方が有名ですし、ここまではっきりデンファレだとわかるとなると……大高さん、洋蘭愛好家だったんでしょうか」

お互いに首をかしげていると、不意に夏陽のスマホが鳴った。

しかもこの着信音は、岸原からだ。

『あっ、なっちゃん。ごめんね、いま忙しい？　ちょっと、三階の検査フロアまで来てもらいたいんだけど』

「三階……ホテル棟の、ですか？」

コテージ棟でもレントゲン撮影や超音波検査はできるが、大がかりなＣＴやＭＲＩの機械はホテル棟の三階にあると、オリエンテーションでは聞いていた。

『そう、プレートに［透視室］って書いてある部屋。私、急にでかけなきゃいけなくなっちゃって。ちょっと見てるだけでいいから、手伝ってもらえるかな』

「透視室ですね！　いま二階にいますので、すぐ行きます！」

なにか役に立てるというだけで、夏陽の心は浮き足立った。

しかし冷静に考えれば、それは大高か永木に何かあったということ。

そのことに気づいた夏陽の背中を、冷たい汗が流れ落ちていった。

*

ホテル棟の三階は、完全に病院のフロアにリノベーションされていた。

階段を駆け足で上った夏陽はその「病院感」に圧倒されながら、急いで透視室の重いドアを開けた。

「え……」

そこには操作機器とモニターが並び、ガラス越しに見える向こう側の閉ざされた部屋では、まるで手術が行われているかのよう。見慣れない機械の操作は、保延がしている。ということは、向こうで手術着姿になって何かに集中しているのが瀬川だろう。そして、横たわっているのは――。

「稲さん。妊娠してる可能性、ある？」

「……はい？」

「向こうの部屋、放射線で透視しながら処置してるから」

それは病院でレントゲンを撮られる時などに聞かれる、あの質問だった。

「いえ、大丈夫です！」

保延は軽くうなずくと、マイクを通してガラス向こうの瀬川に伝えた。

「稲さんが来たので、いったん止めます」

『了解』

「今、大高くんに『神経根《しんけいこん》ブロック』という治療をしているのだけど——」

それはドラマで観る、手術室の雰囲気そのものだった。

「——岸原先生の代わりに、頼めるかな。もしも途中で物品が必要になった時に走ってもらうとか、万が一の事態に備えて、人手を置いておきたくて」

「はい！」

「気負わないで。本当に、万が一のためなので」

そう言って保延は、膝まで届く重たいエプロンを夏陽に手渡した。

「……着るもの、ですよね」

「放射線のプロテクター。あ、逆。ベストを着るのではなく、袖のない、割烹着を着る感じ。後ろのベルクロ帯は、両方前に回して留めて。あまり、きつくしなくていいから」

「これって『不潔扱い』で、いいですか？」

ようやく保延は、口元に笑みを浮かべた。

「気にしないで。それより、これを首に巻いて。甲状腺《こうじょうせん》のガード。こっちは、目を保護するゴーグル。付けたら、そこのマスクして」

今まで経験したことのない看護師的な業務に、夏陽は高揚していた。

これが介護福祉士に許される行為かといえば「グレー」だろう。なぜなら今は、まだ患者の医療に直接介入していない、看護助手としてのサポート業務だ。その業務が介護福祉士と重複することは、前の職場で昼時に看護師からよく聞いていた。最近では「ナースエイド」と横文字があてられて響きの良くなった看護助手だが、実際には病院の「診る側」に入ることを許された、体のいい雑用係の扱いを受けることも多いという。

しかしどんなことであれ、役に立てることが夏陽は嬉しかった。

「これで……どうでしょうか」

「ありがとう。助かるよ」

直立不動の夏陽を見て、保延は指でＯＫサインを送った。

これほどフレンドリーな保延を、夏陽は見たことがない。

「瀬川先生。準備できましたので、再開しましょう」

『了解――』

モニターには、素人目にもわかるほど鮮明に、レントゲンで透視された「背骨」が映っていた。しかしこれは、撮影した静止画ではない。持続的にレントゲンを照射しながら、ガラスの向こうでも同じ画像を瀬川がモニターで見ている。大高の背中にピンセットをあてて、何かの位置を探しているようだった。

『傾けてくれる？』

瀬川の指示が響くと、保延が小さなレバーを軽く倒し、向こう側で照射機器が傾く。

『フォーカスして――サンキュー、刺すよ？』

うつぶせになった大高の背中に、瀬川は迷うことなく注射器の針を刺した。そして注射筒《シリンジ》部分を外して針だけ残すと、別のシリンジを繋いで薬液を注入する。

『はい、戻して』

「戻します」

瀬川の指示に従い、保延は再び照射機器の向きを元に戻した。

「大高くんの癌性疼痛は、かなり厳しい状況だ。知っておいて欲しい」

不意に漏らした保延の言葉に、夏陽は思わず唾を飲み込んだ。

「ここに来る前から、瀬川先生が強力な麻薬性鎮痛剤《オピオイド》――オキシコドン塩酸塩の徐放剤内服やフェンタニルクエン酸塩の貼り薬で、副作用が出ないように、時には毎日調整してきたらしいけど……それも限界。もう少し簡単な硬膜外《こうまくがい》ブロックという背骨への注射も、効果はいまひとつになった。だからこうやって、もっと深いところまで針を刺して、直接神経に麻酔と薬剤を注入してる」

踊っている大高を見た時、体を貫くような激痛を抱えたまま、なんとか抑え込んでいるギリギリの状態だとは、どうしても思えなかった。

しかし間近で見る癌性疼痛の現実は、夏陽の想像を遥かに超えていた。正直なところ、薬を飲んだり、リハビリをしたり、点滴をしたり——せいぜい、その程度の治療しか思いつかなかった。まさかその内服は麻薬性のもので、点滴どころか背骨に直接注射をしなければならないレベルの治療だとは、考えもしなかったのだ。

『あった。神経確認』

「確認しました。間違いなさそうですね」

保延はモニターを見て復唱した後、小さくため息をついた。

「……俺には、大高くんにしてやれることがない」

その姿は永木の前で見せるものとは違い、無力感に満ちていた。

『カクテル注入します——』

その間にも、瀬川の処置はよどみなく進む。

『——はい、抜いたよ』

「お疲れさまでした」

「……えっ？」

「終わり。瀬川先生、信じられないほど腕がいいから」

保延はレントゲン照射器を止め、肩の力を抜いた。

ガラスの向こうでは、瀬川も重いエプロンを外している。

「あの、あたしは……」

「ありがとう。もう、ぜんぶ外していいよ」

向こうの部屋から、処置を終えた瀬川が重いドアを開けて出てきた。

「お疲れさま。稲さんも、ありがとね。めんどくさいこと頼んじゃって」

「いえ、ぜんぜん。あたし、何もしてませんし」

「大丈夫だと思うけどさ。痺れや運動障害が出ないか、念のために大高くんと一緒に、三十分ほどここにいてくれるかな」

ようやく様子観察という、介護士らしい仕事ができるようだ。

「どうしたの？　中に入っていいよ？」

「え……あたし、不潔ですけど」

「いいね、その感じ。大高くんの希望があれば、車イスに座らせてあげて」

瀬川は口元に笑みを浮かべたものの、目は笑っていなかった。

「それより、保延先生……ちょっと向こうで、いいかな」

ふたりの表情から、あまりいい話ではないことが容易に想像できる。

しかし今は、それより重要な仕事があった。

「失礼します。大高さん、介護士の稲です」

大高は上半身裸で腰の下まで露出し、台の上でうつぶせになって、ぴくりともしない。

「……大高さん？　大高さん⁉」

「ん？　あ、すみません。痛みが取れたら、急に眠くなって」

夏陽は、ほっと胸をなでおろした。

「よかった。体の痛み、がまんしないでくださいね」

「まぁ……はい」

表情の乏しい大高だが、どれほどの痛みに耐えていたか、その目が訴えていた。

「どうします？　お洋服、着られます？　冷えると体に――大高さん⁉」

なにごともなかったように、大高は処置台の上で体を起こした。

「魔法使いですよ、瀬川先生は」

「もう、痛くないんですか？」

「ぜんぜん」

渡した洋服を、ひとりで問題なく着てしまった大高。いつもと違うのは、右脚に義足がないことぐらいだ。

「じゃあ三十分ほどここで待機なんですけど、車イスに座られ――あっ、ダメですダメです！　下りるのは待ってください！」

「……踏み台、ありますけど」

腰ほどの高さまで上げられた処置台から、片脚で踏み台に乗るのはさすがに危険だ。夏陽は右側から肩を貸し、左手を回して大高のベルトを摑み、体を固定した。

「あたしに、遠慮なく寄りかかってください」

「それは……」

「その方がラクなんです。いきますよ——三、二、一、はい！」

重心を手前に傾けて、その勢いを借りながらテコの原理で体を回しつつ、夏陽はするりと大高を処置台からおろして、車イスまで運んだ。

「上手いですね」

「いえいえ。十年もやってると、これぐらいは」

それなりの自負心があったとはいえ、いざ褒められると恥ずかしい。夏陽は体裁を繕うように、ポケットに入れておいた白いケースのスマホを取り出した。

「そういえばこれ、大高さんのスマホですか？」

「どこに？」

「義足を調整してたところで」

受け取った大高は、それきり黙ってしまった。

無言の付き添い状況には、前の施設で慣れていた。失礼がないようにだけ注意しながら、ともかく自分から話し続ければいいのだ。

「そのスマホケースのお花……デンデレ、でしたっけ」

「デンファレ——デンドロビウム・ファレノプシス」

「すいません。檜沢さんが、大高さんは洋蘭愛好家なのかなって」

「花には、まったく興味ないですけど……デンファレ《こ れ》だけは」

つまり大高にとって大事なのは、洋蘭でも花柄でもなく、デンファレだということ。もしかすると朔の言うように、一点モノかもしれない。だとすると大高にとって、デンファレは何かを象徴するものに違いないと、夏陽は想像を巡らせた。

「特別なんですね」

「まぁ……はい」

透視室に、再び沈黙が流れる。

次はどの話題が無難だろうかと考えていると、不意に危険な問いかけが浮かんできた。

――実は気になってたんですけど、大高さんの本当の願いって、なんですか?

もちろん、軽々しく聞けるはずがない。本人が「アマチュアA級ペアに挑戦したい」と言って入居したのだから、それを根底から疑うようなことを、間違っても居室担当の介護士が口にするべきではない。

話題がないのなら、このまま時間が流れ去るのを待つのもいいだろう。不機嫌な老人のデイサービスで、そんなことには慣れている。夏陽がやるべきことは、三十分間の様子観察。そのうち瀬川か保延が戻ってきて、大高を居室に送って終わり。あとはいつものように、永木の配膳に戻ればいい。それが介護福祉士として雇われた、夏陽の仕事――。

「それって……あたしがここにいる意味、ある？」

「……はい？」

夏陽の存在理由が足元から揺らぎ、思考が思わず口から出てしまった。

ここは特別養護老人ホーム《とくよう》でも、サービス付き高齢者向け住宅《サ高住》でもない。

瀬川も保延も岸原も、管理栄養士の土谷も、そしてパートナーの金森も、全員が自分にしかできないことを、大高のために全力で提供している。それなのに気づけば、夏陽だけ代わりの利く介護士だったのだ。

不意に、保延から初めてかけられた言葉を思い出した。

取り返しのつかない後悔の先に、必ず楽園に通じる十字路があるから道を間違うな。道を間違うと、その十字路には二度と戻れない――。

最後の十字路に立つ前に、取り返しのつかない後悔をする前に、確認するべきだ。

嫌われても、クレームを入れられても、確認をためらうことは禁忌だったはず。確認を後回しにしたことで入居者の死につながった事例を、前の職場で十年間、夏陽は何度も見てきた。ならば誰もいない、パートナーの金森さえもいない今、聞くべきではないだろうか――大高には「本当の願い」が、別にあるのではないかと。

もちろんこれは、夏陽の勝手な思い込みかもしれない。

しかし幼なじみの金森さえも、疑問を持っていたはず。

だが、しかし――。

夏陽は堂々巡りをしながらも、最終的には原点に立ち返ることができた。

もしも本当の願いが別にあるなら、万が一にも見逃されてはならない。なぜならここは、この世から消えて亡くなる人たちが、消えない思い出を残せる場所――楽園クロッシング。看送りの楽園でなければならない。誰よりも大高に近すぎない夏陽だからこそ、不信を買うリスクを犯してでも確認するべきなのだ。

「大高さん。不躾にこんなことを聞かれて、気を悪くされると思うんですけど――」

車イスから見上げる大高に、夏陽は意を決して聞いた。


「――大高さんが最期に叶えたい願いって、本当は何ですか？」


無表情だった大高の瞳に、わずかな色が差し込んだ。

「介護士さん。今さら、それは」

「さっき金森さんから、以前にもA級ペアに挑戦されたことがあると聞きました」

その色が、瞳の奥で揺れたようにも見える。

「美乃里より、カンがいいですね」

「まさか、大高さん……」

「いえ。A級ペアに挑戦したいのは嘘じゃないです、けど」

大高は小さくため息をつくと、何かをあきらめたように首を振った。

「静かにコーヒーでも飲みながら話せるところ、あります？　部屋以外で」

大高の最期の願いは、A級ペアに挑戦すること。

しかしそれは、表向きの願い。

その裏には、まだ誰にも話していない、本当の願いが隠されているのだ。

＊

夏陽が選んだ場所は、天井の高いコテージ棟のロビーだった。

永木とボードゲームで遊んで以来、夏陽は大きな窓辺のテーブル席を気に入っている。

「お待たせしました、夏陽さん」

黒服の朔がコーヒーと紅茶を運んで来てくれた。

少し偉そうかと思いながらも、大高を社食に連れて行くわけにはいかない。

「ロビーは人払いをしておきましたので、ごゆっくり」

そこまで察するあたり、裏方のプロだ。

「大高さん。コーヒーは飲んでも、大丈夫なんですか？」

「ぜんぜん」

そう言って窓の外を眺めながら、コーヒーカップに口をつけた。

ここからは、大高が口を開くのを待つしかない。

「美乃里《あいっ》、どこまで話しました？」

「A級の昇格試験には、大高さんが肉腫を発症される前に挑戦して……その、自分のミスで不合格になったと……すごく、後悔されてました」

大きく吸った息をゆっくり吐きながら、大高はコーヒーカップをテーブルに置いた。

「あいつとは、ジュニア——小学生の頃から、ずっと一緒なんです。同じ教室、同じ団体にいたので、もう十年以上の付き合いになります」

「そんなに？」

「身長差もちょうど良かったですし、お互い『上』に行きたかったので、自然とペアを組んだ感じです」

あれだけ息が合っているのも、うなずける気がした。

「だから、見ていて辛かったんです。あの昇格試験で——」

大高がまだ、ユーイング肉腫ファミリー腫瘍を発症する前のこと。アマチュアA級への昇格をかけた大会にラテンのルンバで臨んだ大高と金森ペアだったが、ステップと表現に集中しすぎた金森は周囲が見えなくなり、他のペアと接触転倒というミスを犯してしまった。このあたりは、金森から聞いた話と同じだった。

「ポジション取りがベストじゃなかったんで、そのあたりから頭が白く飛び始めたんだと思います。周りが見えてなかったし、必死すぎて、らしくなかった」

「転倒は、見ていて辛かったですね」

「いいえ。それは、いいんです」

「え……？」

「こいつが発症する前だったので、なんとでもなると思ってましたから」

大高は自らの失われた右脚を見下ろし、膝を二度ほど叩いた。

「あいつ、ひどく落ち込んで泣いてたんですけど、別に泣くことないじゃないですか。だから笑ったんです。二度と受けられないわけでもないのに、なに泣いてんのって」

その言葉が含む耐えられない重さで、夏陽は紅茶に口をつけられなかった。

「……まぁ、そのあとこうなったんで。おれとは二度とペアを組めなくなりましたから、おれの方があいつに申し訳ないです」

またひとつため息をついて、大高はコーヒーを飲んだ。

しかし不思議なことに、これまでの会話の主体は、すべて金森だった。

「その後は新しいパートナーも見つかったと聞いたので、安心してたんですけど……ダメでしたね。どの動画を見ても無意識のうちに萎縮《いしゅく》していて、らしくなかった。もちろん新しいパートナーと、すぐにうまくいくわけじゃないですけど、それにしても」

「それを見ていて、辛かったと……」

黙ってうなずき、大高はコーヒーを飲み干した。

しかし夏陽は、まだひとくちも紅茶に口をつけられていない。

「本人は言っても理解できないみたいですけど、理由はハッキリしてます。恐いんです」

「……恐い？」

「あの時、広がりすぎて衝突転倒した——それだけなら克服できるんですよ、美乃里なら。でもあいつを縛ってる恐怖は、それだけじゃないんです。あの時ミスをしていなければ、あいつもおれもA級に上がれてた。それなのに自分がミスしたから、おれだけA級に上がれることは二度となくなった。美乃里が克服できないのは、その罪悪感なんです」

金森は、泣きながらこう言っていた。

——ぜんぶ、私のせいなんです。

「まさか……大高さんが、アマチュアA級ペアに挑みたい理由って」

「美乃里の消えない恐怖心と、おれに対する罪悪感をまとめて克服するには、もう一度ペアを組んで、同じフロアでアマA級に挑むしかないなと思って」

夏陽は言葉を失った。

それはA級に昇格したいという未練でもなく、A級に勝ちたいという執念でもない。消えゆく命の残された時間を、自らの治療ではなく、これからも続く大切な人のために使いたい――大高は、最期にそう願った。

つまりすべては、金森のためだったのだ。

「この話、美乃里には黙っててください。おれ、そういうキャラじゃないので」

そう言って大高は、テーブルに置いていたスマホをぼんやりと眺めた。

「そういえば、なんでデンファレか聞かれましたよね」

「は、はい」

「デンファレは、大事なアイコンなんです」

大高の瞳は、遥か過去を振り返っているようだった。

「美乃里はジュニアの頃から、なぜか勝負処っていう試合には、必ずデンファレのドレスやアクセサリーで挑むんです。だから今回は、おれも……まぁ、スマホケースぐらいは合わせようかと」

「どんな意味があるんですか？」

「さあ。いくら聞いても、絶対に教える気はないらしいです」

デンファレは、金森だけが信じているお守りなのだろうか。もしかするとその意味を他言してしまうと、悪いことが起こるジンクスでもあるのかもしれない。

「これも、黙っててください」

「もちろんです」

「……ちょっと今日は、しゃべりすぎました」

大高は入居して初めて、二十一歳の大学生らしい照れ笑いを見せたのだった。

＊

大高が入居して、二週間が経った。

いよいよ今夜は、岸原が主催する「楽園ダンスパーティー」が開かれる日だ。

ホテル棟の最上階にある旧バンケットルームは、この日のためにボールルームにリノベーションされていた。

見渡す限り、夏陽の知っているどの体育館よりも広いのではないだろうか。高い天井にはシャンデリアとスポットライトがいくつも吊り下げられ、床の中央は絨毯《じゅうたん》ではなく、板張りになっている。その周囲をコの字に取り囲むように、円卓が十卓。それぞれに八名ずつ座っているので、来客は八十人、そして一番目立つところは長机となっており、審査員席のようにも見える。

誰もが煌びやかなドレスやスーツを身に纏っており、夏陽が岸原から言われていたドレスコードの「結婚式の披露宴に呼ばれた感じ」では、むしろ地味かもしれない。

「永木さん。体調、大丈夫ですか？」

「いつも通りですよ。今日は、土谷さんの作ってくださる特別ディナーが楽しみで」

夏陽は思いきって、このパーティーに永木を誘っていた。

隣に座る永木は、若草色のマーメイドドレスだ。タイトすぎず、腰から下のフレアも派手すぎない。それを補っている首回りから肘までの緻密で美しいレース素材が、よく似合っている。小さなラベンダー色のハンドバッグも、ほどよい差し色になっていた。

「やっぱりそのドレス、似合いますね」

「夏陽さんのも、似合ってると思いますけど――」

一方の夏陽は、着飾ったパーティーがどうにも苦手だった。仕方なく選んだのはフレアの少ない、腰でひと縛りあるライトグレーのワンピース。いくらヒールが高めのサンダルを履いているとはいえ、気づけば品のいい参観日の母親のような姿に落ち着いていた。

「――私は最初のライトブルーの方が、夏陽さんにはよかったんじゃないかと」

「いやいや、無理ですって。あんな、フリフリのスケスケは」

「なんですか、フリフリのスケスケって」

「でも外商って、ちょっとした異世界感がなかったですか？　まさかドレスからハンドバッグまで、ずらっと一式そろえて、何種類も運んでくるとは思わないじゃないですか」

ふたりのドレスは、岸原が呼んだ外商から選んだものだった。

「びっくりしましたよね。話には聞いたことありましたけど、実際に経験してみると……なんていうか、貴族かお姫様の扱いっていうか」

「オーナー、なにやってる人なんだろ。勢い、あたしまで買ってもらっちゃったけど……これ、めちゃくちゃ高いですよね？　実はあれ、レンタルなんじゃないですか？」

「いやぁ、さすがにそれは」

楽しそうに笑う永木を見て、夏陽は安堵した。

「でも、永木さんを誘ってよかった。今さらですけど、もしかしたら嫌な気分になるんじゃないかと思ってたんですよ」

同じ入居者ということもあり、どうしても大高をそういう目で見てしまい、辛い思いをするかもしれない――一度はそう考えて尻込みしたものの、夏陽はどうしてもこの優雅な社交ダンスパーティーに、永木を誘い出したかった。

どうにも大高が入居してから「普通」に見えてならないが、永木も胃がんの末期患者だ。身体負荷と一般的な感染予防を考慮して、行動範囲は制限されている。いくら敷地内が広いからといって、それでも毎日があまりにも単調すぎた。しかも理由は聞かないようにしているが、結婚しているはずの夫が一度も顔を出さない。だから永木が接触するのは、夏陽も含めたスタッフだけなのだ。

「すみません……なんか、いろいろと気を遣わせてしまってたみたいで」

「いえいえ、とんでもないです。なんていうか、逆にあたしが嬉しかったっていうか」

喜んでくれたうえに、なにより永木が癌性疼痛に悩まされていないと確認できたことが、夏陽には一番嬉しかった。

大高の疼痛管理に携わってから、永木の飲んでいる鎮痛剤も大高と同じ麻薬性《オピオイド》のものだということに、夏陽はようやく気づいた。つまり永木も、いつ大高と同じ状態になってもなんら不思議はないということ。それは当然のことだったが、いつしか夏陽は無意識のうちに、なるべく考えないようにしていたのも事実だった。

「ロビーですれ違ったあの方が、ダンサーさんだったんですね。それも、義足の」

「ちょっと、気づかないですよね……」

もちろん大高の体を蝕む肉腫が、侵食の手を緩めていないことは告げていない。

緩やかに落ちていく心肺機能と、増すばかりの癌性疼痛、それに合わせて繰り返される、義足の微細な再調整。なにより問題なのは、疼痛緩和《ペインコントロール》にも限界がきてしまったことだ。

おそらく、この次は打つ手がない。もうこれ以上、大高を思いのままに踊らせてやることができない——それが今朝の臨時カンファランスで出された、瀬川の結論だった。

「……大高さんと金森さん、いつも通りに踊れるといいな」

三十二年の人生で一度も聞き入れられたことのない神頼みや、見たことも経験したこともない感動の奇跡というものが、夏陽は大嫌いだった。

すべては、努力と確率――だから「報いる」という言葉の方が好きだった。

大高は苦痛に苛まれながらも、残されたわずかな時間を、自分の気持ちに誠実に捧げてきた。瀬川はその最期の願いを叶えるため、本当にできる限りのことをした。金森は泣きたい気持ちを押し殺して、笑顔でパートナーを務めてきた。海外から呼び寄せられた四人のエンジニアたちも全力を尽くし、岸原はその最期となる舞台を完璧なまでに整えた。

ならば、人ならざる無慈悲な存在――俗に言う「運」という名のひどく低い確率が、今夜ぐらいは報いてくれてもいいはずだ。

「夏陽さん。きっと、大丈夫ですよ。努力は報われますって」

知ってか知らずかそう言うと、永木は手元でタイムテーブル表を広げた。

そこにはダンスタイム、トライアル、お食事、そして【本日のメインイベント】として、ラテンのアマチュアA級ペアが招待されていると書かれていた。

しかしそのタイトルは「アマチュアA級ペア&義足のアマチュアB級ペア　ルンバの競演」となっている。どうやら花火大会と同じように「ご近所さん」をエキストラ客として無料で招待しようとしたものの、社交ダンスという単語が意外にハードルを上げていたという。豪華な食事をしながら人の踊る社交ダンスを観るだけであり、参加者が踊る必要はないと告げても、単純に興味を示さない者も多かったらしいのだ。

だから岸原は大高と金森に了承を得て、「義足の」という文字を付け加えたという。

義足の社交ダンサーという文字は、無関心だったご近所さんたちの興味を十分に惹いたらしい。加えてA級が格下のB級と競演するとなれば、社交ダンスを知らなくても、その違いを観てみたいと思うのが人の性。作り直したタイムテーブルを手にして改めて声をかけて回ると、こうして見事に会場のテーブルは満席になったのだ。

「……あたし、まともに観られるかな」

「えーっ、応援してあげてくださいよ。最期のステージなんですから」

何もためらいなくそう告げる永木を見て、夏陽は大事なことを思い出した。

永木の最期の願いを、夏陽はまだ知らない。

入居時のカンファランスに出ていない夏陽は、保延にも岸原にも、そして瀬川や朔にも聞いて回った。担当する永木の「最期の願い」は何なのかと。

しかし驚いたことに、誰もが「知らされていない」と同じことを口にした。

たったひとり、岸原を除いて――。

「あっ、夏陽さん。始まるみたいですよ」

子どものようにわくわくしている永木を見て、夏陽は頭を切り替えることにした。

「みなさん、こんばんは。本日はお忙しい中、楽園クロッシング主催の社交ダンスパーティーにお集まりいただき、誠にありがとうございます――」

ドレスアップした岸原が、フロアでスポットライトを浴びていた。

主催者の挨拶が終われば、いよいよ「楽園ダンスパーティー」の始まりだ。

「こんばんは。永木さん、変わりない？」

見慣れないスーツ姿で、保延が永木の隣に座った。

つまり保延には、もう大高にしてやれることがないということだ。

「スーツ姿も、かっこいいですね」

「ありがとう。永木さんも、すごくきれいだと思う」

恥ずかしげもなくそう言った保延の視線は、鎖骨下のＣＶポートが外から見えないかを確認しているようだった。

「あたしは……なんか、違和感ありますね」

「永木さんのドレス？」

「違いますよ。先生のスーツ姿です」

「そう？」

本当に興味がなさそうな保延の肩を、永木が笑顔で叩いた。

「もう、先生。夏陽さんのドレスも、よく見てくださいよ。似合ってると思いませんか？これ、ふたりで選んだんですよ？」

「そうだったんですか。悪くないと思います」

どうしても興味が持てなかったのだろう。保延は配られた乾杯用のグラスを受け取ると、そのまま半分以上飲んでしまった。

「ちょ、え？　先生、まだオーナーが——」

直後、岸原の乾杯と共に音楽が鳴り始めた。

「夏陽さん。今日はお招きいただき、ありがとうございました」

「——えっ？　や、別にあたしが開催したワケじゃないんですけど」

「先生も、いつもお世話になってます」

「とんでもない」

保延のグラスと永木のグラスが音を鳴らした時、岸原がテーブルにやって来た。

「さぁ。これで、私の仕事は終わりかな」

客席に挨拶して回るでもなく、そのまま岸原は保延の隣に座った。

「それは、大高くんと金森さんの演技を観てからにしてくださいよ」

「保延。それ、シャンパン？」

普通は医師同士、どれだけ年齢や経歴に差があっても、お互いに「先生」をつけて呼び合う。その敬称を略して呼び捨てにできるのは、限られた関係だけ。あり得るとすれば、学生時代の先輩と後輩、あるいは大学病院時代の上長と部下ぐらいだ。

「まさか。ジンジャーエールです」

「で、どうなの？」

「瀬川先生が最後に、気休め程度のステロイドを入れてます」

「デキサメタゾン？」

「ですね。あとはもう、緊急除痛《レスキュー》が必要にならないよう祈るしか」

流れる音楽が幸いして、その会話が永木の耳に届いていないことを、夏陽は願った。入居者のテーブルにメインスタッフが三人も同席するのは、いかがなものだろうか。

「ねぇ、なっちゃん。私と踊ってみない？」

「……はい？」

そんなことなど、岸原はお構いなしだった。

「ほら、フリーダンスタイムよ？　みんな、これを楽しみに来てるんだから」

周囲を見渡すと、結婚披露宴よりも煌びやかなドレスを着た女性たちが、正装した男性と手を取り合い、続々と中央のダンスフロアに出て行く。各テーブルから最低一、二組は席を立ったのではないだろうか。

「みなさん、社交ダンスを習っておられるんですか？」

「教室を中心に声はかけたけど……半分もいないんじゃないかな」

ダンスフロアは、かなり広い。それでも周囲を気にしないと、すぐに接触しそうな間隔だ。金森がA級昇格試験で周囲が見えなくなり、他のペアにぶつかってしまった光景が、なんとなく夏陽にも想像できた。

「フリーダンスはね。私みたいに、ちょっとだけ社交ダンスをかじった人なんかが、音楽に合わせて自由に踊っていい時間なの。鏡張りの狭い教室なんかじゃなく、綺麗に着飾って本格的なボールルームで踊るのは、気分がいいものよ？」

「や、待ってください。かじったどころか、人生で踊ったことなんて、中学校の創作ダンスぐらいですから」

「保延。永木さんは？」

「ワルツなら、一、二分程度」

「あら。じゃあ今、ちょうどいいじゃない。永木さんは、どう？　私と踊ってみない？」

「……ぜんぜん踊れなくても、いいんですか？」

驚いたことに、永木は人前で踊ることに前向きだった。

「私のワルツなんて三拍子で揺れてるだけだから、同じように揺れてればいいのよ」

「じゃあ……せっかくだから、やってみようかな」

なんと永木は岸原に手を引かれ、板張りのダンスフロアへと出て行ってしまった。

その背中を見送りながら、保延は目元にわずかな笑みを浮かべている。

「稲さん。ありがとう」

「なにがです？」

「永木さんを、ここへ誘い出してくれて」

「あ、いや……まぁ」

「少しでも、人生を楽しんで欲しかったので」

やはり保延も、夏陽と同じ気持ちだったのだ。

「でも、先生。永木さんの『最期の願い』は、知らされてないんですよね？」

「入居時のカンファから、それに関してはスタッフに『一切教えない』方針だと言われた。

そういうデリケートな話はぜんぶ岸原先生に任せているが、今のところそれで問題はないらしい」

「じゃあ、知ってるのはオーナーだけじゃないですか」

「でも稲さんは、岸原先生から聞かされたのでは？」

「あれ、どういう意味なんですか？　今までで『一番難しい願いごと』だけど、あたしが永木さんを担当したら、何とかなる気がするって」

「それは初めて聞くが……どうだろうか」

保延はフロアを眺めたまま、ジンジャーエールを飲み干した。

「漠然《ばくぜん》としすぎてません？　だいたい『何《こ》とかなる気がする』って、そんな感じでいいんですか？　そんなの、楽園《こ》クロッシングらしくない気がしません？」

「俺にそう言われても」

誰に聞いても、同じように首をかしげるだけ。

やはりこれ以上は岸原に聞くしかないと思っていると、永木が顔を紅潮させて岸原とテーブルに戻って来た。

「やーっ、恥ずかしかった！」

その笑顔は、今まで夏陽が見た中で一番輝いていた。

「夏陽さん。私、どうでした？」

迂闊にも、夏陽はダンスフロアを見ていなかった。

それをフォローしたのは、保延だ。

「かなり踊れていたと思いますよ。あの短時間で、よく岸原先生のステップを見て覚えられましたね」

どこを見ているかわからない保延の視線は、しっかりと永木に向けられていたようだ。

「保延。そこは、私のリードがうまかったって言うべきじゃない？」

「振り回さないか、気が気じゃなかったですよ」

永木と岸原が踊ったワルツのあと、都度の休憩を挟みながら、タンゴ、スローフォックストロット、ヴェニーズワルツと続き、やがてフリーダンスタイムは終了した。

すると今度は入れ替わるように、三組だけがフロアに上がった。夏陽にはその本気度が、何もかもが先ほどまでとは大違いに見える。

「なっちゃん、次はトライアルよ。今日は、競技会形式にしたの」

「えっ！　いわゆる、競技社交ダンスですか⁉」

「フリーダンス以上の技術は持ってるけど、一組だけで踊るデモンストレーションほどうまくはない。そういう人たちが、審査員の評価付きで踊るの」

「……例の、試験ってやつです？」

「そこまでじゃないからお試《トライアル》しって言われてるんだけど、今日はプロダンサーの審査員を呼んでるわけだし、せっかくだから競技会形式にしようかなって」

流れた音楽は、スタンダード。今回は優雅なワルツと、やや激しいタンゴの二種目。

さっきまでとは違う本格的な動きに、夏陽は目を奪われていた。

「オーナー。社交ダンスって、すごいですね」

「なに言ってるの。大高さんと金森さんの練習、見たでしょ？　このあとが本番よ」

いよいよ、大高の最後の願いを叶える時が来る。

大高が残された命を削って注いだ、大切な時間が訪れる。

やがてトライアルは終わり、各テーブルに食事が並び始めた。それは夏陽の目にもわかる、立派なフレンチのコースだった。

「うわっ。なにこれ、本格的」

「あたりまえでしょ？　フレンチのシェフと、スタッフを呼んであるんだから」

「でも、永木さんは――」

皿の料理は違うものの、どの角度から見てもフレンチのコース料理だ。

「保延先生……私、これ食べていいんですか？」

運ばれた料理を前に戸惑う永木に、保延は笑顔で答えた。

「もちろん。土谷さんが二週間、悩みに悩んだ末に辿り着いた、永木さん専用の究極のフレンチなので」

永木の表情が、ぱっと明るくなった。

こんな雰囲気の中でひとりだけいつもの病院食では、興醒《きようざ》めもいいところ――夏陽の心配は、杞憂《きゆう》に終わったようだった。

「おいしい！　これ、ダンピングとか大丈夫なのかな……夏陽さんも食べてみます？」

「へぇ、どんな――いや、ダメですよ。あたし、土谷さんに怒られたくないですから」

「大丈夫ですって。土谷さん、見てませんし」

「え……じゃあ、ちょっとだけ。ほんと、味見だけ」

豪華な空間での、ダンスと音楽、そしておいしい食事。

日常を忘れさせてくれる、夢のような空間。

そして大高が、最期の願いを叶える場所なのだ。

「それでは、皆さま。ご歓談中ではございますが、おいしいお食事を召し上がっていただいたところで、本日のメインイベントでございます『アマチュアA級村上陽斗《むらかみはると》・澤田怜奈《さわだれな》ペアと、義足のアマチュアB級大高詠貴・金森美乃里ペアによる、ルンバの競演』を始めさせていただきたいと存じます」

司会者のアナウンスが響くと、会場内がざわつき始めた。

「ねぇ。アマB級レベルのルンバ、義足で踊れるのかしら？」

「義足でもこれだけがんばれます、っていうのを見せるのが目的じゃないかな」

「そういえばここって、政府系企業の福利厚生施設になるんでしたっけ」

「あー、はいはい。オリンピックとパラリンピックみたいな感じか」

隣のテーブルから聞こえてくる雑音が、夏陽には腹立たしくて仕方なかった。

なにひとつ知らずにタダ飯《めし》を食わせてもらいながら、なにを好き放題言うか——。

「夏陽さん。落ち着いて」

そんな夏陽の眉間に人差し指をあて、永木が優しく撫でた。

「ここ、シワが寄ってますよ」

「す、すいません……つい」

「いいじゃないですか。みんなこれから、きっと開いた口が塞がらなくなりますよ」

気分を落ち着かせるために、夏陽は大きく深呼吸した。

そう。今はそんなことより、大高の痛みが消えていることを願う方が大事なのだ。

「それでは皆さま、大変長らくお待たせいたしました。村上・澤田ペアと、大高・金森ペアの入場です」

それを聞いた場内に流れたのは、歓声ではなく動揺のざわめきだった。

「ちょっと。なんで、二組同時にフロアに上がるわけ？」

「え、デモじゃないの？　競演って、デュエットってことだったの？」

「まさか。義足のアマB級とA級だぞ？」

「それとも……これ、何かの選手権なの？」

岸原が言うには、通常のメインイベントは「デモンストレーション／デモ」と呼ばれ、ペアが単独で踊るものらしい。いくらパンフレットに「夢の競演」と書いてあっても、各組が各曲で順次演じていくことを意味する。

スポットライトを浴びながら笑顔で手を振って入場して来た村上・澤田ペアに続き、固く手を繋いでフロアに上がってきた大高・金森ペア――競技社交ダンスの世界において、この光景は明らかに「競う」ことを意味しているのだった。

「岸原先生。A級ペアから、よく了承を得られましたね」

「保延。たとえば私が社交ダンスのプロA級と一緒に、一曲三分踊ってもらうために、いくらぐらい必要だと思う？」

「二、三万ぐらいですか」

「一桁足りないわ」

その額を聞いて、夏陽は啞然とした。

「……じゃあ、彼らにはお金で?」

「プロの倍額を提示しました。ちゃんとその理由も説明して、この期間と期日で、全力でやってほしいと」

「変に情けをかけられても、困りますが」

「大丈夫です。そういう人間を見る目は、あるつもりでいますから」

会場の照明が落ち、練習で流れていた、あの楽曲が流れ始めた。

それは大高が選曲した、1980年代にアメリカでビルボードの一位を獲得したもの。少しハスキーな女性シンガーが歌う、ゆったりとした四拍子のポップミュージックだ。

「かっこいい……」

永木が、ため息を漏らした。

フロアに登場した大高はいつもと違い、髪はきっちりと撫でつけるような艶ありのオールバックに整えてあった。そして胸元が大きく開いたタイトな黒シャツに、ラテンパンツと言われる、ヒップラインがはっきりとした特徴的な極太ストレートの黒パンツ姿だ。

しかし目ざとい観客は、その右足元からわずかに見える金属にすぐ気づいた。

「信じられん……あのB級、本当に右脚が義足だぞ」

「うそ！　どこ、どこ⁉」

逆に言えば踊り始めるまで、まったく気づかなかったということだ。

そんな雑音など気にもせず、スローでありながら激しいふたりのルンバが始まった。

艶やかで情熱的な南国の鳥のように離れては近づき、近づいては離れる、大高と金森。

ロボティクス制御された義足があまりにも自然にステップを踏み、回り、引き寄せられては踏み止まる様を目の当たりにして、観客は感嘆の声を漏らした。

「夏陽さん、夏陽さん――」

祈るように見入っていた夏陽の肩を、不意に永木がゆすった。

「――金森さんのドレス、この前見せてもらった『花』がモチーフですよね？」

金森は肩から背中まで広く開き、ヒップラインから膝まではタイトだが片側に深いスリットの入った、裾が幾重にも波打つ煌びやかさとセクシーさを併せ持つ、マーメイドドレスを着ていた。全体にちりばめられた輝くストーンや大きなネックレスも美しかったが、夏陽はドレスの柄に目を奪われた。

「……ほんとだ」

その淡い紫紅色の花は間違いなく、デンドロビウム・ファレノプシス――デンファレ。

勝負処の試合で、金森が必ず身につける大事なアイコン。その意を汲んで、大高がスマホケースに選んだ花。夏陽が調べた花言葉は「思いやり」だった。

「夏陽さん、知ってました？　あの花、デンファレの花言葉って『お似合いのふたり』なんですよ？」

「えっ？」

「他の植物に寄り添って咲く姿から、そう付けられたんですって。花言葉は他にもいろいろありましたけど、それが一番ロマンチックだなと思って」

「お似合いのふたり……寄り添うふたり？」

金森はジュニアの頃から、大高とずっと一緒。気づけばペアを組んでいた、大高の幼なじみ。いざという勝負処では必ず――今も、デンファレを身につけている。その花言葉は、お似合いのふたり。そしてルンバのテーマは、パートナーとの繊細なコミュニケーションとエレガントな動きで綴る、揺れ動く男女の愛の葛藤。

幼い頃からすでに、金森は大高に寄り添っていたのかもしれない。

そんなことを考えていると、保延があることに気づいた。

「岸原先生。あの二組、これだけフロアが広いのに近すぎませんか」

「ほんとね……体が痛いってわけじゃなさそうだし、どうしたのかな」

「あれじゃあ素人目にも、いつぶつかってもおかしくないですよ」

約束通り、夏陽は誰にも言っていない。

大高が最期に願った本当の想いが、金森のためであることを――。

十分な距離が取れるにもかかわらず、大高はあえてA級ペアの近くへと金森をリードしている。大高が手放した金森が、A級ペアの手前ギリギリで踏み止まる。そして呼び戻され、再びA級ペアの側へと解き放たれた金森は、それでも萎縮することなく自らのステップと表現を披露した。それを可能にしたのは、大高への信頼だったのかもしれない。

そして流れる楽曲の歌詞が、金森にそっと告げる。

気づいてくれるまで　私はあなたに呼びかける　何度でも　何度でも――。

やがて大きく見開かれた金森の瞳が、大高の意図を受け取ったことを告げていた。そこには踊るふたりだけで交わされる、言葉のいらない会話があったのだ。

そして大高は今まで見せたことのない、優しさと安堵の交ざった微笑みを浮かべた。それはフロアから離れた夏陽にまで、まるで言葉のようにはっきりと伝わってくる。

――それでいい。もう、大丈夫だね。

その笑みの意味に気づいた金森は、驚きから戸惑い、そして喜びから悲しみへと、表情が目まぐるしく変わっていく。

ジュニアの時代からいつも一緒に踊ってくれた、ダンスは器用だが自分の気持ちには不器用な、幼なじみの大高。片脚を失い、命を削りながらも、最期に願ったのは大切に想う金森の未来。そのためには、どんなに激しい痛みも乗り越えてきた大高。

もちろん、そんなことなど一度も口にしたことはない。

きっと最期まで、口にすることはないだろう。

だからこうして、今までと同じように踊ってくれている――。

すべてを理解した金森は、ゆっくりと大高の腕の中へと帰っていった。

こうして大高の最期の願いである、A級ペアへの挑戦は終わった。

大高が命と引き替えに伝えたかった本当の想いは、すべて金森に伝わったのだった。

＊

社交ダンスパーティーが終わった、二日後。

夏陽はコテージ棟の居室で、大高のベッドサイドに立っていた。

「大高さん。本当に、いいんですか？」

「……え？」

ベッドに横たわったままの大高は、ぼんやりと夏陽を見上げた。

あの日。大高・金森ペアの技術と表現に関して、素人目《しろうとめ》にはA級ペアとの優劣はわからなかった。しかし伝わって来たふたりの「感情」は、事情を知らない大勢の観客の目にも、あきらかに大高・金森ペアの方が圧倒的だった。

あのルンバは、まるでふたりの交わす言葉のように、観る者すべてに訴えかけてきた。それは、大高と金森に送られた割れんばかりの拍手が物語っていた。ふたりはお互いの持ちうる技術と感情を、すべて出し切ったのだ。

だからこそ審査員の票がA級ペアに入っても、そのことに不平を漏らす者は誰もいなかった。それは審査員も招待されたA級ペアも、忖度なしだったという証拠だ。

「いいんですか？　このまま、金森さんの出発を見送って」

あのフロアを降りて控え室に戻った直後から、大高の背骨や腰、脇腹から腕にいたるまで、あらゆる場所に激しい痛みが走り始めた。

大高に報いてくれた確率という名の気まぐれな運は、もうすでにいない。歩くことさえできなくなった大高に残されたのは、激しい痛みと痺れだけ。苦渋の決断を迫られた瀬川が提案したのは「高周《こうしゅう》波《は》熱《ねつ》凝《ぎょう》固《こ》法《ほう》」だった。

すでに大高は、この治療の一歩手前である「パルス高周波療法」を受けている。それは痛みの原因となっている背骨の直前にある神経の枝まで深く電極を刺し、直接「42度以下の熱」をあてて治療するというもの。しかしそれも効かなくなった今、今度は70度から90

度の高周波で、その神経を遮断する治療だった。

もちろん神経を遮断するのだから、痛みが取れても、手足の動きは抑制されてしまう。しかし最期の願いを叶え終わった大高に迷いはなく、むしろ瀬川の提案を受け入れ、激しい痛みからの解放を願った。

大高は最期まで、苦痛に顔を歪める姿を金森に見せたくなかったのだ。

「……美乃里がこれ以上、ここに残っても仕方ないですし」

それでもコントロールできない痛みに対して、瀬川は麻薬性鎮痛剤をさらに調整した。できるだけ意識を鮮明に保ちつつ、呼吸を不安定にしないよう、細心の注意を払った。その結果、残念ながら大高は、金森をベッドから見送ることになったのだ。

「大高さんは、デンファレの花言葉を知っていましたか？」

奥の部屋で荷物をまとめている金森に聞こえないよう、夏陽は声のトーンを下げた。

「いえ」

「お似合いのふたり、です」

しばらく動作が止まったあと、大高の意識が戻ってきた。

「なんか、あいつらしいですね」

「それを金森さんは、ジュニアの頃からずっと大事にしてきたんです。それってどういう意味か、気づいてましたか？」

「まぁ、なんとなくは……」

再び意識がどこかへ埋もれてしまいそうな大高の肩を、夏陽は軽く叩いた。

「大高さん。大高さん？」

「……あ、すいません」

ここまで鎮痛剤の用量を増やさないと、もう大高の痛みを止めることはできないのだ。

「あのあと、あたしもデンファレについて調べました。花には花言葉だけじゃなく、一年365日をそれぞれ象徴する『誕生花』というものがあるらしいんです」

「へぇ……」

「デンファレは、一月二十日の誕生花と書いてありました」

その瞬間、大高の目の奥に光が灯り、今にも体を起こす勢いで意識が戻って来た。

「それって——」

「大高さんの誕生日です」

入居時の資料を確認したところ、大高の誕生日は一月二十日だった。

金森がそれを知らずに、偶然お守りにしていたとは考えにくい。

「それだけじゃないんです。国や地域によって咲く花の種類や季節が違うので、誕生花には、いろいろな月日が当てられています」

「……どういうことですか？」

「デンファレは、九月の誕生花とも言われているそうです」

「九月?」

「ご存じですよね、金森さんのお誕生日」

まさかと思い入居時の資料を確認すると、やはり金森の誕生日は九月十四日。偶然にもデンファレは、大高と金森の誕生日を結ぶ共通の花だったのだ。

これを偶然と呼ぶには、あまりにも無理がある。金森がデンファレをお守りに選んだのは、それが密かに自分と大高を繋ぐアイテムだと気づいたから。つまり金森はすでにジュニアの頃から、大高のことを常に想っていた——いや、寄り添っていたのだ。

「そう……でしたか」

大高は小さくため息をついたあと、わずかに唇を噛んだ。

「それでもこのまま、何も言わずに、金森さんを見送ってしまうんですか?」

しかしそれ以上、大高は何も答えなかった。

「大高さ——」

「詠くん。準備、できたけど」

そこへ帰り支度を終わらせた金森が、別室から戻ってきた。

これ以上、夏陽から大高に強く訴えかけることはできない。

「忘れもの、ないか?」

驚くことに、大高の意識は鮮明に戻っていた。

岸原が言うように、大高は本当の意味で強い人なのだ。

「なんか忘れてたら、あとで送ってよ」

「着払いでなら」

「もう……いっつも、それだよね」

せっかく大高の意識が、はっきりしているのだ。ここはふたりきりにして、席を外すべきだと夏陽は考えた。

「あの、あたしは外で待ってますから」

「いや、大丈夫です。おれ、そろそろ治療の時間なので」

それを拒んだのは、大高だった。

「でも……金森さんは、それでいいんですか？　瀬川先生には、あたしから言っておきますから、ぜんぜん気にしなくても」

「私も昨日のうちに、話すことはぜんぶ話しましたし」

そこで夏陽は、大高が目で訴えかけてくる意味に気づいた。

痛みと意識のコントロールが、そろそろ限界なのだ。

「じゃあ、詠くん……私、帰るね」

「お疲れ」

そのやり取りに、今生の別れを思わせるものはない。ただ、どちらの口からも決して「またね」という言葉は出てこなかった。

「介護士さん。玄関で見送らせてもらっていいです？」

「あ、はい。もちろん」

夏陽は、大高をベッドから車イスへと移動させた。最後まで病衣やパジャマを拒んだ大高は、いつもの普段着で、いつものように義足までつけていた。

大高にとって、歩けるかどうかは問題ではない。

問題は最期まで、いつものように金森に接することができるかどうかなのだ。

「新幹線、何時？」

「十一時すぎだよ」

「那須のお土産、何にするの」

キャリーバッグを引いて玄関に向かう金森の後を、夏陽は車イスを押して追った。

このふたりは、本当にこのまま別れてしまってもいいのだろうか——そんなことを考えているうちに、もうすでに居室の玄関から出てしまっていた。

「詠くん。ここでいいよ」

「そう？」

不意に笑顔を浮かべたのは、金森だった。

「詠くん、ありがとう。ずっと、大好きだったよ」

金森は泣かなかった。

それが大高に対する、金森のすべてだった。

「え……おれも、好きだったけど」

「知ってたけど……大好き、じゃないの？」

「じゃあ、それで」

ふたりの間に、微笑みがこぼれた。

それが大高と金森の交わした、最後の言葉となった。

＊

東京の下町にある、アパートの三階。

あれから一週間が過ぎた夜、金森は玄関で宅配便を受け取った。

それは小さな箱で、送り主は大高。

その名前を見ただけで、金森の心拍数は跳ね上がった。

「ハンコ、こちら右下にお願いします」

「えっ！　着払いじゃないんですか？」

「いえ、元払いです」

呼吸が浅くなり、金森の目の前が揺らぐ。

大高が元払いで物を送ってきたことは、一度もない。

玄関の鍵を締め、呆然と箱を手にしたまま、金森は腰からソファに崩れた。

「でも、この字……詠くんだよね」

きっとこれは、忘れ物を送ってくれたに違いない――そう思いながらも、金森はその箱を開けるのが恐かった。

あれから一度も、大高には連絡をしていない。こちらから連絡をしても返事が来ず、既読もつかなかった時のことを考えると、とてもメッセージを送る勇気など持てなかった。

きっといつものように、思い出したように連絡してくるはず――そう思っているうちに、この箱が届いたのだった。

手が震えて、こんな小さな箱を開けるのにさえ手間取ってしまう。

いま金森の脳裏を埋め尽くしているのは、不安と恐怖だけだ。

「わ、忘れ物……送ってくれたんだよね？」

中から出てきたのは、見たことのない大きめのブローチ。

そして、一通の手紙だった。
手先だけでなく、呼吸まで小刻みに震え始める。それでも金森は大きく息を吐き、折りたたまれた手紙を開いた。

美乃里の忘れ物はなかったけど　これはおれの忘れ物です
ブローチの中には　おれの義足を制御していたマイクロチップを埋めてもらいました
美乃里とは長いつきあいなので　忘れられるのはちょっといやだったから
無理を言って作ってもらいました
もしもこの先　プロを目指してフロアに上がるのが恐くなったら
これを見て　あの日一緒に踊ったルンバを思い出してください
ドレスにつけてもいいけど　でかいから引っかけるなよ？
あと言い忘れてたけど　おれも美乃里のことが　昔から大好きでした
それじゃあ　そういうことなので
バイバイ

大高　詠貴

金森は、ブローチを抱きしめて泣いた。

誰にも遠慮せず、大声で泣いた。
大高はもういない。
だから、無理に笑顔でいる必要はない。
涙をこらえる必要は、もうなくなったのだ。

第三話　六歳の夢

梅雨が明け、暑さが毎年厳しくなっていく夏がきた。

夏の陽射しのように眩しく輝いて生きて欲しいと名づけられた夏陽だが、暑い季節はそれほど得意ではない。永木の昼食を下膳《げぜん》して管理棟に戻りながら、夏陽は支給されている介護ウエアの尻ポケットに差していたタオルを引き抜いた。

「暑《あつ》っ——また酷暑なの？　七月になった、ばっかなのに」

例年の敵である夏バテを心配した夏陽だが、今年は期待もあった。

なにせここでは、入浴介助の負荷がないに等しい。

これまでは正直、夏場の入浴介助は「数をこなす」「不満が出ない程度に早く切り上げる」という、心苦しくも自分を優先してしまう作業だった。だからこそ中堅介護士が正職の看護師に対して「高い給料もらってんだから少しぐらい手伝ったらどうなの」と詰め寄っても、見て見ない振りをしてきた。

ただしここには、今まで経験したことのない別の負荷がある。

それは入居者を看送った時に受ける、精神的なダメージの大きさだった。

「ん——」

眉間にしわを寄せて目を閉じ、夏陽はおでこを指で軽く叩いた。

いつもはこれで脳裏に蘇《よみがえ》ってくる看送りの記憶を消し、一週間も繰り返せばその記憶自体が日常で上書きされていった。

しかし今回は、それがどうしてもできないのだ。

「——はやく、気持ちを切り替えないと」

金森が帰ったあと、大高はあっという間に衰弱していった。

すぐに那須塩原で待機していた両親が呼ばれ、居室は家族で過ごす最期の刻《とき》を迎えた。

大高が痛みのコントロールを優先したため、意識は途切れ途切れになったが、その表情は穏やかだった。激しい闘病を看てきた両親は、それだけでも楽園《こ》クロッシング《こ》に入居した甲斐があったという。そして介護の仕方を教えて欲しいと頼まれた夏陽は、介護士というよりも講師として、大高と家族に寄り添った。

見る間に食欲も落ちたが、鼻から管を入れたり、永木と同じCVポートを埋め込んで高カロリーの点滴をしたりすることを、大高は拒否した。

管だらけの寝たきりになるつもりはない——大高は入居時の希望である「延命治療を行わない」という項目を、そこまで拡げて解釈していたのだ。

やがて特注したブローチが届くと、大高は最後の気力を振り絞って手紙を書いた。

夏陽が最後に見たのは、表情の乏しい大高が浮かべた少年のような笑顔。

——これ、お願いします。

宛先の伝票と共に手紙を渡された夏陽は、朔や他の誰かに頼まず、すべてを最後まで自分が責任を持って送ろうと決めた。

しかし手紙とブローチを箱に詰め、一番近くのコンビニまで車で山を下りて戻って来た時には、すでに大高は息を引き取っていた。すべてを成し遂げて未練のなくなった大高は、本当にそれ以上の時間を望まなかったのだろう。ベッドに横たわる大高の安らかな顔が、それを物語っていた。

その顔が、夏陽の脳裏から消えないのだ。

「ん——ダメか」

おでこを指で軽く叩きながら歩いていると、コテージ棟のはずれにある隠れ家的な東屋《あずまや》に、保延がぼんやりと座っていた。

その表情は虚《うつ》ろで、どこを見ているのかわからない。

瀬川のサポートにまわっていたとはいえ、保延も心理的なダメージを受けているのだろうか——そんなことを考えながら、声をかけないよう静かに通り過ぎた時、夏陽の耳に抑揚《よくよう》のない保延のひとりごとが聞こえてきた。

「——ソロモン・グランディ、月曜日に生まれ、火曜日に洗礼を受け、水曜に結婚し」

はっきりとは聞き取れないものの、つぶやいているのは明らかに保延だ。

足は止めなかったが、夏陽はわけもなく目が離せなくなっていた。

「おっと。夏陽さん？」

危うく、黒服の朔とぶつかるところだった。

「す、すいません」

「どうしました？　あ、もしかして、晃平さん？」

朔も、東屋の保延に気づいたようだ。

「そうなんです。なんか、ひとりごとが聞こえてきたので……どうしたのかなと思って」

「ひとりごと？」

「月曜日とか、火曜日とか」

「あぁ。それはたぶん、マザーグースの童謡《どうよう》『ソロモン・グランディ』の歌詞じゃないですかね」

「マザーグース？」

「フラッシュバックを、振り払っているんだと思いますよ」

人は誰でも、程度の差こそあれ「フラッシュバック」を起こす。それは決して、大きな事件や災害に限らない。どんな些細《ささい》なことであれ、当人にとって心の傷となったものは、先月のことでも、何年も何十年も前のことでも、場所を選ばず、毎日でも毎晩でも、まるで昨日のことのように鮮明な感覚と共に襲《おそ》ってくる。それは、夏陽が老人介護をしていても感じることだった。ましてや、医師を十年以上続けている保延のことだ。大なり小なり、さまざまなフラッシュバックをいつ起こしても不思議はない。

「へぇ。マザーグースには、そんな効果があったんですね」

「いえいえ。昔、オレも教わったんですけどね。嫌な記憶に苛《さいな》まれたら、別にマザーグースに限らず、なんでもいいから頭の中を歌詞や詩で埋め尽くせって」

もう一度振り返り、保延を見た。あまり感情の揺れが大きくないと思っていたが、やはり人は見た目で判断してはならない。あの無表情の奥には、多くの心理的ダメージが蓄積しているのだろう。

「大高さんのこと、ですかね」

「どうでしょう。たぶん、違うような気がしますけど」

なぜか朔は自信ありげな顔で軽く首を振ると、静かにその場を離れた。

「それより稲さんは、もうカンファランスに？」

「はい。ちょっと、早いですけど」

いつもは大股で歩く朔だが、今は夏陽の歩幅に合わせてくれているようだった。

「……あの、ちょっと聞いていいですか？」

「なんです？」

気さくな笑みを浮かべて、朔が振り返った。

「実は、前から気になってたんですけど……檜沢さんって、保延先生との付き合いは長いんですか？」

入職して二か月。朔がスウェーデン人の祖父を持つクォーターであること以外、夏陽は何も知らない。この前の大高の件以来、少しだけ話しかけやすさも感じている。できればこういう時に、さらりと雑談で聞き出せるのが一番だ。

「十年ほど前になりますかね。まだガキだった頃、晃平さんに助けてもらったんです」

朔は二十五歳。十年前となると、中学生か高校生ぐらいだ。その頃の自分はすでに就職していたことを考えると、あらためて十年という時間の恐ろしさを感じる。

「先生の患者さんだったんですか？」

朔は少し声のトーンを落としたが、嫌な顔をすることなく淡々と話を続けてくれた。

「そうですねぇ。患者であって、患者でなかったっていうか――」

しかしその内容は、夏陽の想像以上に重かった。

朔は、東京の下町に生まれ育った。父親は仕事に明け暮れて家庭を顧《かえり》みなかったが、経済的には比較的余裕があった。それゆえ母親が働きに出る必要はなかったものの、その持てあました時間は朔に向けられることなく、他の男へと流れていったという。

やがて朔が物心ついた頃には、両親はすでに家庭内別居状態。ＤＶもなく金には困らなかったので幸せだったと朔は笑うが、その生活環境は誰が聞いても明らかに育児放棄《ネグレクト》だった。家のどこに金が置いてあるか、クレジットカードの暗証番号は何か、どうすればネットで買い物ができるか、自分のスマホに入金するにはどうしたらいいか——小学校五年生になった朔は、まずはお金のことから社会の仕組みを学んでいったという。

やがて両親は離婚し、朔は父親に引き取られたが、育児放棄は変わらない。中学生になると、二段階認証の確認先を朔のスマホに設定した上限十万円のクレジットカードを、養育費の代わりだと投げ渡された。そんな父親がアパートに帰って来るのは、多くて月に一回。親子ほど歳の離れた女と、都内のマンションで暮らしていたという。

朔には電気水道ガスの通った家があり、金にも困らなかった。

しかし、居場所はどこにもなかった。

やがて周囲には必然的に素行不良な仲間が増えていったが、万単位の金が自由に使える顔立ちの整った中学生の朔は、皮肉にも女を呼ぶための撒《ま》き餌《え》と金づるにしかなれない。そのうち生活費まですべて巻き上げられるようになった朔はその群れを抜けようとしたが、急性アルコール中毒と集団暴行による外傷で、保延の病院に搬送されてしまう。

「——それが、中三の時でした」

「なんか、すいません……嫌なことを思い出させてしまって」

「いえいえ、いいんですよ。あれがなかったら、晃平さんと知り合えてなかったですし」

そう言って朔は、また笑みを浮かべた。

夏陽が想像していたより、朔は表情豊かなようだ。

「じゃあ、入院した時に保延先生と？」

「あの頃の晃平さん、めちゃくちゃアツい人だったんですよ――」

中学三年生の急性アルコール中毒、多発外傷、理由を話さない朔に、なかなか姿を現さない父親――その状況から「事件性」と「不適切な養育環境」があると判断した保延は、迷わず児童相談所と警察に通報した。そして体裁の悪さと恥ずかしさから激怒する父親と、何日にもわたって口論したという。

大人を信じることを知らない朔は、集団から暴行を受けたにもかかわらず、最後までその事実を話すことはなかった。やがて事件性の証明ができないと判断した警察は手を引き、父親からの暴行ではないと判断した児童相談所も、父親の「きちんと養育する」という言葉を鵜呑《うの》みにして手を引いた。

だが実際は、元のアパートでひとり暮らしに戻っただけだった。

「――退院したあと、晃平さんから電話がかかってきたんですよ」

「えっ、先生からですか？」

「珍しいですよね。退院したあとの患者に、医者が連絡を入れるなんて」

ドラマではよくあることだが、現実にはほとんどないことを夏陽は知っていた。医師も看護師も、仕事とプライベートを完全に線引きする。逆にそうしなければ、心身がもたないという。だから病院の中では面倒見のよい医療従事者と患者でも、そこを離れれば赤の他人。冷たく聞こえるかもしれないが「それ以上を私たちに求められても困る」と、夏陽は前の職場で看護師から聞いたことがあった。

「最初はオレが、退院後の外来受診をブッチしたからなんですけど」

「ブッチ？」

「あ、シカトして行かなかったってことです。えらく怒られましたけど、本気で心配して怒ってくれてるのが、その時なんとなくわかったんです。入院中から、なんとなくこの人は違うなとは思ってましたけど」

「保延先生って、怒るんですね」

「言ったじゃないですか。あの頃は、めちゃくちゃアツい人だったって」

夏陽には、とても想像がつかなかった。

「ひとり暮らしに戻ったことはすぐにバレたんですけど、その時に晃平さんが言ってくれたんです。もう、明日と他人に期待するのはヤメにしようって」

「……どういう意味です？」

「明日になったらなんとかなる、誰かが何とかしてくれる——そういうことを考えるのはやめて、これからはオレが生きるために、オレにできることを考えよう。おまえの周りにいる大人は、大人じゃない。何も期待するなって。それ、十五のガキに言います？」

「まぁ、なんていうか……」

三十過ぎの自分がどこか明日と他人に期待していないか、夏陽は不安になってきた。

「それからですよね。まるでお節介な親戚みたいに、メシ食わせてくれたり、あれこれ相談にのってくれたり。ただ結局オレは高校には行かず、募集してた焼津《やいづ》のマグロ漁船に乗りましたけど」

「マグロ……漁師さんになった、ってことですか？」

「知りません？　半年ぐらい太平洋とかインド洋とかで、網投げたり魚さばいたり。中卒でも月二十万以上もらえましたし、わりと金は貯まりましたよ」

「や……聞いたことはありますけど」

たとえ話ではよく耳にするネタだが、その実際を聞かされるのは初めてだった。

「でも晃平さんに言われたことは、船の上でもちゃんと守ってましたね」

「明日と他人に期待しない、ってやつですか？」

「いえいえ。出航前に『どんなことでもいいから勉強してこい』って言われたんです。だから、あちこちの国に寄港《きこう》するたびに、本当にいろんなことを勉強しました」

朔が英語を話せるようになった発端が、なんとなく見えた気がした。しかし、いろいろと間違った方向の造詣《ぞうけい》も深くなっていないかと、夏陽の想像は止まらない。

「なんの話だ、サク」

不意に背後から声をかけられ、夏陽は危うく変な声を上げるところだった。

どうやら話しながらゆっくり歩いているうちに、保延に追いつかれていたらしい。

「えっ？　今ちょうど、オレと晃平さんの昔話をしてたんです」

「……稲さんに？」

振り向いた保延の顔に、朔の言う「熱い」感情は感じられない。

「悪い話じゃないですよ？」

「ほんとか？」

驚いたことに、保延はサクと肩を組んだ。その姿は、まるで兄弟か親友のようだった。

「いや、ホントですって」

「どこまで話したんだ」

「ホント。ただの、昔話ですって――」

明らかに仲のよさそうなふたりの後を歩きながら、一棟《ひとむね》だけ改修の始まっていたコテージの工事が終わったことに、夏陽は気づいた。

おそらくそれは、次の入居者のためのもの。

居室の大幅な改修を必要とする入居者とは、いったいどんな患者なのか。

そんな不安を抱えつつ、夏陽は保延たちとカンファランスルームに向かった。

＊

入居者のカンファランスはまだ二度目だが、夏陽は少しも慣れることはなかった。

「じゃあ、カンファランスを始めますよ」

岸原の前に集まったのは保延、瀬川、管理栄養士の土谷、そして朔と夏陽。一か月の休暇をもらったはずの瀬川は、一週間ほど姿を見なかったものの、今朝は何食わぬ顔で社食のごはんを食べていた。逆に入職から二か月経っても、もうひとりいるはずの介護士である西澤の姿を一度も見ていない。直感で「辞めたな」と、夏陽は半分諦めていた。

しかしそんなことが些細に思えるほど、渡された資料は衝撃的だった。

「入居者は小松碧志《こまつあおし》くん、六歳男児――」

いつかはこういう日が来るだろうと、夏陽は覚悟をしていた。しかしそれは所詮《しょせん》、素人のイメージトレーニングでしかなかったという、厳しい現実を突きつけられる。

三歳で急性骨髄性白血病《きゅうせいこつずいせいはっけつびょう》を発症し、それからは大学病院の小児科に母親の付き添いで、ずっと入院と一時的な退院を繰り返していた碧志。当然ながら三歳でも、抗がん剤の化学療法を受けなければならない。

しかし残念ながら治療に対して碧志の白血病は抵抗し、効果は芳《かんば》しくなかった。結果、碧志には骨髄移植＝造血幹細胞《ぞうけつかんさいぼう》移植まで行われていた。この治療中は感染に対して抵抗力がゼロになるため、無菌室《むきんしつ》での孤独で苦痛な生活に、幼い子どもが耐えなければならなかったのだ。

次第に父親より見慣れていく主治医の顔と、仲良くなっては去って行く病室の友だち。唯一の楽しみは、許可がおりた時にだけ行ける、院内の小さな売店でお菓子を買うこと。やがて三年の長きにわたる病院生活が、次第に碧志の日常のすべてになり始めていた。

しかし治療に耐えた甲斐あって、なんとか寛解《かんかい》状態——完治ではないが病状が治まっている状態を、碧志は維持できるようになった。病院からの短期外泊を慎重に何度も繰り返して病勢《びょうせい》の悪化がないことを確認し、ついに寛解退院の許可がおりたのが今年の五月。

三歳から外の世界を窓越しに眺めてきた碧志の中で、期待は限界まで膨れあがっていた。

——来年は、みんなと一緒の小学校に通いたい。

ある程度以上の規模を持つ病院内には、長期入院を余儀なくされた子どもたちのために「院内学級」という場所が設置してある。書類上は地元の小学校から転校していることになり、同室の小学生たちがそこへ通っていることも碧志は知っていた。

しかしそれはあくまで、病院の中にある勉強部屋だ。碧志にとっては、検査室に行ってくることと何も変わらない。碧志が通いたかったのは、本物の小学校なのだ。

そしていよいよ来年からは念願の小学校に通えるのだと心を躍《おど》らせながら、家族と共に入学準備をしていた矢先、その想いは無慈悲な白血病に踏みにじられてしまう。寛解していたはずの白血病が、半年も経たずに再発したのだ。

再び寛解を目指して化学療法などが施行されたものの、治療効果は不良だった。しかも骨髄抑制《こつずいよくせい》という、白血球《はっけっきゅう》や赤血球《せっけっきゅう》が正常値まで戻らなくなってしまう状態が進んでしまい、現在は白血球数が300／μL、そのうち主に細菌と戦うための好中球《こうちゅうきゅう》は100／μL以下の状態になっている。

この数値は、命を左右する大問題だった。

今の白血球の状態を端的にいうと、外界に対してまったく無防備ということだ。健康であれば気にすることさえないもので、あっという間に命を落とすことになる。些細な風邪《かぜ》でももってのほかで、どんな食品や食器にも存在する常在菌《じょうざいきん》でさえ、碧志を死に至らしめてしまう。そのため加熱されていない食事も、生の果物なども禁止。そうやって碧志は、生活のすべてで厳しい制限を受けてきたのだ。

しかしそんな状況の碧志に対して、もはや現代医学には打つ手がなかった。どんな治療を施しても、碧志の白血球が増えることはない。だからといって感染を恐れ、厳しい制限を続けながら病院の中に閉じ込めていても、いつまでも「無菌」でいることはできない。

ならばいっそ危険は承知の上で、残された時間を家族での思い出作りに使ってみてはどうか——大学病院の主治医は両親と何度も面談して、碧志の願いをひとつでも叶えてやってはどうかと、最後の提案をした。

その結果、楽園クロッシングへ来ることを決めたのだった。

「あらためて言う必要はないかもしれませんが、碧志くんの最後の願いは、本物の小学校に通うことです。その辺に張りぼてのセットを作っても、意味がありません」

端に座っていた保延が、静かに手を挙げた。

「今さらですけど……この入居を受けたのは、岸原先生の判断ですか？」

その目は、珍しく異を唱えているようにも見える。

「そうです」

だからといって岸原に何か言い返すでもなく、保延は小さくため息をついた。

「コテージの陽圧換気《ようあつかんき》システム、もう完全に稼働します？」

「ちょうど昨日、改修が終わりました」

「学校の方は？」

「話はつきました。めんどくさいことは、朔が対応してくれましたので」

保延と朔は無言のまま視線を交わし、うなずき合っている。何がめんどくさくて、朔がどう対応したのか――気にはなったものの、夏陽が聞ける雰囲気ではなかった。

「運よく感染せずに目的をクリアしたら、どうすることになりました？」

「大学病院に戻ります」

「じゃあ、一時退院の扱いですね？」

「小学校に通うのですから、本人には『退院』と告げてあるそうです」

「……嘘ついたんですか？　あれぐらいの歳の子なら、外でマスクをするかしないかで気づきますよ？」

「風邪をひいて登校できなくなるといけないからと、ご両親から碧志くんに」

「取って付けたような――」

　保延はいつになく、岸原に嚙みついている。

「――で。もし途中で感染したら、どうするんです？　東京まで救急搬送します？」

「来週、なんとしてでも一日体験入学をさせます」

「先生の希望を聞いてるんじゃないんです。質問に答えてください」

「保延。百歩譲って今日明日に風邪をひいても、登校に間に合うのはわかるでしょ。ご両親もそのリスクを納得の上で、出された決断ですから」

「だから。登校したあとに感染が明らかになったら、どうするんですか」

「できる限りの処置をしながら、大学病院に戻します」

「本当に、これでよかったんですか？　ここには無菌室もないんですよ？　相手は六歳の子どもなんですよ？」

「保延こそ、わかっているでしょ？　急性骨髄性白血病《AML》の難治例で、幹細胞移植のあと、寛解から再発してしまった碧志くんの状態がどういうものか」

「……わかっているから、聞いてるんです」

驚くことに、保延が舌打ちした。

静まりかえったカンファランスルームに、乾いた緊張感が漂う。

「保延。やれそう？」

岸原が心配そうに言う意味が、夏陽には理解できなかった。

「どういう意味ですか」

保延の苛立ちに、追い打ちをかけたのは明らかだった。

「大丈夫かなと思って。なんなら、私が担当してもいいんだけど」

「大丈夫ですよ。これでも、まだ小児科医だと思っているので」

一瞬、夏陽の思考が止まった。

小児科といえば、診るのは中学生までというのが一般的な常識だ。まさか成人の永木を、しかも末期の胃がんを、小児科医が管理しているとは思いもしなかったのだ。

「もちろん、私も手伝いますから」

「どうしても困ったら、お願いします」

それにもまして、どうにも「いつもの保延」と様子が違う。カンファランスの前に、東屋でひとりごと――しかもマザーグースの童謡を口にしていたあたりから、夏陽の知っている保延とは何かが違っていた。

そんなことを考えていると、隣に座っていた瀬川が顔を寄せ、小声で囁《ささや》きながら夏陽を肘でつついてきた。

「驚いた？」

「……保延先生がキレたことですか？」

思わず、夏陽も小声になってしまう。

「違う、違う。保延先生が、小児科医だってこと」

「ま、まぁ……それも、かなり」

「保延先生、大学では岸原先生の下についてたらしいよ」

「じゃあ、オーナーも？」

「小児科医。けど小児科の先生って、だいたいのことは知ってるよね。救急とか一緒にやってても、びっくりするもの」

「そうなんですか？」

「朔くんからは、昔の保延先生はいろいろヤバかったって、よく聞くけど」

「ヤバい？　アツい、じゃなくてですか？」

それには答えず、瀬川は口元に苦笑いを浮かべて再び向き直ってしまった。

「あの、食事のことなんスけど――」

静寂《せいじゃく》を破って次に手を挙げたのは、社食の土谷だ。

「――前に聞いたことはあるんですけど、やっぱり『無菌食《むきんしょく》』になるんスか？」

「居室は陽圧管理になりますが、無菌室ではありません。加熱食と食材の制限も避けられませんが、そのあたりは保延とご両親との相談になります。ただし碧志くんの食べたいものは、なるべく最優先で叶えてあげてください」

それは感染と戦う白血球やリンパ球が極端に低い碧志は、口に入れる物にも細心の注意が必要ということだった。

「それから、居室に出入りするスタッフに関してですが――」

入室時に必要な手洗いのレベルは、保延によって指導されることになった。居室との連絡は、可能な限りリモート。リネンや清掃などの生活介助が必要な場合は、新型感染症の世界的流行の時に病院などの映像でよく見かけた、あのガウンや帽子をつけて入室するという徹底ぶり。それらはすべて、保延が管理計画を立てたもの。

なんとしてでも、碧志を小学校に通わせてやるつもりなのだ。

「――今回は短期決戦です。どんな手段を使ってでも、碧志くんの最期の願いを叶えてあげるつもりでいます。なにか質問は？」

とくに質問は出ず、カンファランスは解散となった。

しかし夏陽には、どうしても質問できない疑問が残った。

碧志を無駄に感染させないために、自分はどうすればいいか——それを延々と考えた末に、ある疑問に突き当たったのだ。

「なっちゃん。ちょっと、いい？」

「あ、はい！」

反射的に立ち上がった夏陽に、岸原が微笑んだ。

しかし、その笑みは口元だけだった。

*

夏陽は入職して初めて、管理棟の二階にある「施設長室」に呼ばれた。

イメージしていた社長室のような、ダークウッドのデスクも革張りのイスもなく、床も絨毯張りではなかった。壁に重厚な本棚や飾り棚があるわけでもなく、少し広めのひとり用オフィスで、来客用にテーブルとソファーが置ける空間はあったが、とても簡素だ。

「なっちゃん、もう気づいていると思うけど——」

朔が運んで来たコーヒーをひとくち飲むと、応接テーブルの向かいに座った岸原は、さっそく本題に入った。

「——もうひとりの介護士さん。西澤さん、辞めちゃったの」

「あ、やっぱり」

案の定、西澤は顔を合わせることなく辞めていた。

「ごめんなさいね。私が至らないばかりに」

「そんなことないと思います。どうやっても、辞める人は辞めますから」

夏陽は職場を一か所しか知らなかったが、何をやっても何を変えても、その職場が根本から変わらない限り小手先の対策は無駄だと思っていた。ましてやここは、特殊な看取りの施設なのだ。勤務形態、通勤手当、業務内容など、どれだけ良い条件を提示しても、辞める人は辞めるだろう。何よりここで迎える入居者の死は、ともかく別格のダメージがあるのは事実なのだから。

「ひとりになっちゃうけど、大丈夫？」

永木の担当に、夏陽は慣れてきた。正直なところ、介護に従事している実感はない。鎖骨の下に埋め込まれたCVポート周りの皮膚状態と、時に出てしまう食後のダンピング症候群の症状、あとは運動強度に注意を払うことはあっても、介護士としての仕事は少ない。せいぜい口内炎のうがいや口腔内清拭《こうくうないせいしき》の際に、少し介助をすることぐらい。配膳と下膳をしてしまえば、残りの時間はレクリエーションとして一緒に散歩をしたり、ボードゲームをしたり、無駄話をしたりしてすごしているのだ。

「大高さんの時も、なんだかんだで介護士としての仕事は、最期の数日だけでしたけど……それもご両親から、自分たちが介護してやりたいって申し出がありましたから、西澤さんがいなくても、あたし自身はそんなに」

しかしそれこそが、夏陽の中で一番引っかかっている疑問だった。

「ありがとう。なっちゃんが居てくれるなら、それでいいかな、なんて私も甘えちゃって。西澤さんは、あまり強く引き止めなかったんだよね」

「もちろん次は子どもさんですから、恐いですよ？　子どもとはほとんど触れあったこともないですし、感染にも細心の注意を払わなきゃいけないですし……そのあたりは保延先生に嫌がられるぐらい、しっかり聞いていこうかなとは思っていますけど」

「安心して。ああ見えて保延、教えるのは慣れてるから」

「……それは、心配してないです」

「それより。次もまた、ひとりでふたりを担当することになるんだけど、身体的にはどう？　休みたいとか、疲れたとか、ない？」

気づいた上で言っているのかもしれないとさえ、夏陽は勘《かん》ぐってしまう。

「あの、オーナー。あたしがこういうことを言うのは、どうかと思うんですけど——」

「なに？　我慢せずに、何でも言って？」

「——あたし、楽園《こ》クロッシン《こ》グに必要ですか？」

それまで岸原に浮かんでいた、笑顔が消えた。

「どうして、そんな悲しいことを言うの？」

理由は簡単で、今回は大高の時よりも、さらに自分にできることがないからだ。

「碧志くんの要介護度は完全に『自立』ですし、ご両親もおられますし、あたしにできることってないじゃないですか。むしろ碧志くんにカゼとかバイキンをうつさないように近づかないことが、問題なく願いを叶えるためには必要なんじゃないですか？　それって、あたし――っていうか、介護士は要らないってことじゃないですか？」

岸原は、大きくゆっくりと呼吸した。

「なっちゃん……少し、お休みを取る？」

「いえ、それは大丈夫です。あたし、永木さんの担当ですから」

「ありがとう。そう言ってもらえると、永木さんも喜ぶと思うわ」

ひと思いに胸の内を吐き出した夏陽は、ぬるくなった紅茶にようやく口をつけた。

それに合わせるかのように、岸原もコーヒーに口をつける。

「やっぱり、なっちゃんで正解ね。そういう、センスっていうのかな。気づく、気づかないっていうか――」

岸原は、カップのコーヒーを一気に飲み干した。

「――その通りです。碧志くんに、介護士はほぼ必要ありません」

あらためてそう告げられた夏陽は、それはそれで複雑な気持ちになった。

「ですよね」

「でも、思い出してみてよ。なっちゃんが、初めてうちに来た時のこと」

「初めてって……入職する前ですか？」

「そう。偵察《ていさつ》に来た時のこと。なっちゃんがまだ、入職してくれるかどうかわからなかったから、人払いをしてたじゃない？」

「そう、でしたね。なんか、ガランとして――」

そこで夏陽は、ふと思い出した。この規模の施設にしては人が少なすぎるという、なんとも言えないあの違和感。まるで建物全体が「作り物」のように思えた、あの感じ。

しかし入職すると、それは完全に消え去ってしまった。相変わらず人は少ないとはいえ、それなりに施設のスタッフと顔を合わせるようになったからだ。

「――もしかして今回、あたし『その他大勢《モブ》』ですか？」

「やっぱり、察しがいいなぁ」

岸原は、テーブルに置いてあったお茶うけのクッキーを夏陽に勧めた。

「や、結構です」

「うちの規模であんなに人がいないの、何か変だと思ったでしょ？」

「ちょっと、違和感はありましたね」

「子どもってね。そういうのに、もっと敏感なの」

ポロポロと崩れるクッキーを気にしながら、岸原はひとくちかじった。

「ましてや碧志くん、三歳の頃から大学病院に入院してたわけじゃない？　それなのに山奥にあるこんな施設に移ってきてガランとしてたんじゃ、気味悪がると思わない？」

ここの施設スタッフは、設備管理系を合わせてもそれほど多いとはいえない。そのうえ感染予防で人が近づかなくなり、居室を訪れるのが医師三人だけでは、たしかに六歳の子どもにとって不気味な状況かもしれない。

「今まで何人も医者がいて、何人も看護師がいて、自分の周りには常に沢山の大人たちがいて声をかけてくれた。そうやって自分を守ってくれるのが、三歳からすごしている病院という生活空間だったわけでしょ？　だからここでも碧志くんには、ひとりでも多くのスタッフから笑顔と声をかけてもらいたいの。かといって状況もよくわからず、医学的知識も危機感のカケラもない人間を近づけるのは、感染のリスクを増やすだけ」

「じゃあ、あたしは……」

「うちは看護師の代わりを医者がやってるから、なっちゃんには看護師っぽいポジションにいて欲しいなと思って」

「や、待ってください。あたしに、看護業務はムリですよ？　清潔と不潔さえわかってないんですから」

「もちろん。ただ、そういう『ポジション』の若い女性がいてくれるだけでいいの」

「……若くはないですけど」

「なに言ってるの。私が看護師役じゃ、ナースステーションの師長さんどころか、大学病院の看護部長さんになっちゃうでしょ？」

岸原は楽しそうに、声を出して笑った。

「あたし、何もできませんよ？」

「いてくれるだけでいいの。みんなで碧志くんを囲んで、笑顔をあげましょう。それも看送りの、大事な一部なんだから」

気づけば、岸原の瞳は遠くを眺めていた。夏陽にはどうにもその姿が、東屋でぼんやりしていた保延と同じように見えてならない。

しかし夏陽の脳裏に芽生え始めた思いは、消えそうにない。

本当に自分は、この楽園クロッシングに必要な存在なのだろうかと――。

＊

六歳の小松碧志とその両親が、三人で入居してきた翌日。

行事予定の変更を聞かされた夏陽は、耳を疑った。

カンファランスで挙げられた最重要課題は、来週に予定している「学校公開」と「一日体験入学」まで、どんなことがあっても感染を避けることだったはず。そのために夏陽は保延に頼み込み、手術室での手洗いで使うスクラブ・ブラシとポビドンヨードのうがい薬を用意してもらった。さらには作り慣れた次亜塩素酸ナトリウムの希釈水を、触れるものすべてに吹きかけるほど細心の注意を払っていたのだ。

「保延先生……本当に、これでよかったんですかね」

ホテル棟の向こう側——花火大会の屋台が並んだ、公園というには広すぎる場所で、夏陽は介護ウエアのまま、網に載せられて炭火で炙られるウインナーをトングで転がした。

「仕方ない。これは、碧志くんとご両親の希望だから」

入居した当日にこの広大な敷地を目の当たりにした碧志は、想定外に「みんなでバーベキューをしたい」と言い出したのだった。

「でもこれじゃあ、いつ感染するか……」

少し離れた場所でバーベキューの網を囲み、満面に笑みを浮かべて歓声を上げる碧志と両親を、白衣姿の保延が空の紙皿を持ったまま眺めている。

「ご両親と我々で、昨日遅くまで話し合って出した結論だ。来週まで居室に閉じこもり、感染のリスクを可能な限り低くすることは、誰でも思いつく。ただ残念だが碧志くんは、すでに楽園《こ》クロッシング《こ》へ来るまでに外気に曝《さら》されている。しかも居室は陽圧換気をかけてあるとはいえ、無菌室ではない。つまり大学病院を退院した時点で、感染を完全に防げる保証は失っているということだ」

　可能な限り、ひとつでも多くの経験をさせてやりたいと思うのは、親として当たり前の気持ちなのだろう。ましてや本人が初めて「公園より広い場所」を見て、病室の友だちから聞かされて憧れていた「バーベキュー」をやりたいと目を輝かせたのだ。それを我慢させるぐらいなら、なぜ大学病院からの退院を決意したのかということにもなる。

　最期に残されたわずかな命の時間をリスクに曝して、何を手に入れるか——。

　年齢こそ違うものの、これは大高の時と同じ状況なのだ。

「あたしたち、本当にマスクをしてなくてもいいんですか?」

「それも昨日、ご両親と相談済みだ。マスクをすると、碧志くんの相貌認知《そうぼうにんち》が弱くなる。短い期間とはいえ、記憶に大切なのは『何人に』囲まれてすごしたかではなく『どんな人たちに』囲まれてすごしたかという、『個人』の識別だ」

　その説明はあらかじめ聞いていたものの、こちらのバーベキューセットを囲んでいるのは、担当の保延と夏陽だけではない。

「だからって、こんな人数で」

「岸原先生も言っていたと思うが『できるだけ大勢に囲まれて』『最期まで楽しく』とい

うのが、今回目指す理想の看送りでもある」

「あたし……何か感染させるんじゃないかって、恐いです」

そんな動揺する夏陽を、保延の隣でかぼちゃを焼いていた岸原がなだめた。

「なっちゃん。食材の管理と見守りが必要とはいえ、腕組みをした保延が離れたところで監視してたんじゃあ、せっかくのバーベキューも興醒めじゃない？」

「それは、そうかもしれませんけど……」

あまり気にした様子もなく、岸原はかぼちゃの焼け具合だけを気にしていた。

「もう、焼けたかな。保延。永木さんは、かぼちゃ食べられる？」

「スプーンで潰《つぶ》せる軟らかさなら」

「ウインナーは？　刻む？」

「ミニハンバーグにしてください。用意してありますから」

そう。保延、夏陽、岸原という碧志の担当スタッフだけでなく、なぜか入居者である永木にも、岸原が声をかけていたのだ。

たしかに永木は、夏陽よりも清潔や不潔について詳しい。無菌室や無菌食についても、病院に入院していた時に同室の患者が入ったことで、嫌でも知ることになったという。

しかし碧志の状態が想像できるからこそ、逆に永木の方が碧志の家族に気を遣うのではないかと、夏陽は不安だった。

「はい、永木さん。炭火だから、芯まで軟らかくなったわよ」

そんなことなどまったく気にせず、岸原は永木の紙皿に焼けたかぼちゃを載せている。

「あの……岸原先生？」

「え？　かぼちゃ、嫌いだった？」

さすがに今回は、永木も戸惑っているようだ。

「のこのこ、着いてきたわたしが悪いんですけど……ここに居ても、いいんでしょうか」

「体、しんどい？　保延からは大丈夫だって聞いてたけど、そこのイスに座る？」

「いえ、わたしの体調のことはいいんです……けど、その」

気まずそうに視線を送られた保延は、穏やかな笑みを浮かべた。

「ここは開けた場所で、風通しもいい。向こうの方が風上で、距離も取ってあります。しかもこちらはみんな風邪症状も胃腸症状もなく元気で、できうる限りの簡易迅速検査はすべて陰性。だからここにいる誰かが、感染源になる可能性は低いと考えています」

「あ。それで昨日から、いろんな検査を」

「もちろん永木さんが気にされるなら、部屋に戻られてもいいのですけど」

「いえ……大丈夫なら、わたしもバーベキューは初めてなので」

それを聞いて夏陽が少し安心していると、隣で岸原が目を輝かせた。

「えっ！　永木さんも、バーベキューは初めてだったの？」

「はい。なかなか、そんな機会がなくて」

「よかった。じゃあ、どんどん自分で焼いてみないと。和牛のミニハンバーグがあるけど、次はこれにする？」

まさか永木の胃がすべて切除されていることを、岸原が忘れているのではないかと、夏陽は気が気ではない。

どうやらそれは永木も同じだったらしく、今度は夏陽に救いを求める視線を送った。

「オーナー。永木さんには、あたしが焼きますね」

「あら、そう？　なんだか、私の方が楽しくなっちゃって。やっぱり、みんなで外で食べるバーベキューって、いいものね。碧志くんに感謝しなきゃ」

たしかにこちら側のバーベキューで、一番楽しんでいるのは岸原かもしれない。今度は保延の隣に行って、あれやこれやと紙皿に載せて困らせている。

「永木さん、大丈夫です？　けっこう気温も高いし火も熱いし、イオン飲料飲みます？」

「あ、いただきます」

いくら麦わら帽子をかぶっているとはいえ、予備能力の少ない永木は容易に熱中症になると、保延から聞かされていた。クーラーボックスには万が一のため、氷嚢《ひょうのう》と冷たい濡れタオルも準備している。

「ハンバーグ、焼きます？　和牛って言ってましたけど」

「魅力的ですよね。どれぐらい、食べてもいいんだろう……」

「安心してください。土谷さんから、メモをもらって来てますから」

「すみません。自分のことなのに、夏陽さんに任せっきりで」

「なに言ってるんですか。もう少し、あたしにも仕事させてくださいよ」

「夏陽さんこそ、なに言ってるんですか。わたし、十分にしてもらってますって」

ようやく笑顔になった永木は、恐る恐るハンバーグを網に載せた。その光景だけを見ていると、つい永木がこちら側の人間ではないかと夏陽は錯覚してしまう。これは、大高のダンスパーティーのテーブルでもあった感覚だ。

永木を担当して、二か月がすぎた。

最近では一日六回食の配膳でさえ、夏陽には普通のことになりつつあった。それは永木の体調がよい時には、末期のがん患者であることを忘れ、そのうえ入居者であることさえ忘れる時もあるということだ。

入居者に深入りするべきではないことぐらい、介護士歴十年の夏陽にはわかっている。それでも業務が終わってからついムダ話で長居をしてしまったり、毎日の散歩の途中で昔の職場の愚痴を聞いてもらったりすることも珍しくない。それは人として当たり前の心の交流であり、人として当然の感情――しかしそれが、夏陽と永木の「職場」での境界線を曖昧《あいまい》にしているのも事実だった。

「でも、永木さん。バーベキュー、初めてだったんですね」

「パーティーとか、みんなでとか……そういうの、わたし昔から苦手だったんです」

「あたしは田舎で何もすることがなくて、なにかっちゃ川原で焼いてましたけど、旦那《だんな》さんもそういうのは苦手なんですか？」

直後、夏陽は思いきり後悔した。

夏陽が担当してから、永木は自分の夫のことを一度も話題にしたことがない。だから夏陽も、そのことにはあえて触れないようにしてきた。それなのに夏の陽気とバーベキューの開放的な雰囲気に煽《あお》られて、迂闊にも口を滑らせてしまった。

なにが苦しいかといって、ここで「すみません」と謝るのも、それはそれでおかしな話になってしまうということだ。

「あの人は、ダメでしょうね。いろいろと」

意外にも永木が普通に返してくれたことに、安堵したのも束の間。

すぐに夏陽の背中を、鳥肌が走った。

「あっ――」

紙皿を持った子どもが、向こうから笑顔で近づいてくるのだ。

紺色で上下おそろいの作業服のようなものを着て、何やらかっこいい刺繍《ししゅう》と英文字の入ったキャップをかぶっている。それはもちろん化学療法による脱毛を隠すための帽子かもしれなかったが、入居時もこれとまったく同じ格好《かっこう》をしていたところを見ると、碧志のお気に入りなのかもしれない。

しかし今、そんなことは問題ではない。

こちらにやって来るということは、感染の可能性が格段に上がってしまうということ。できればこの場から走って逃げ出したいとさえ、夏陽は思う。全員がポケットに入れていたマスクを反射的に引き出し、慌ててつけた。

「せ、先生……どうすれば」

「いいから。そのまま」

上がり続ける夏陽の心拍数をよそに、笑顔で前に出て行ったのは保延だった。それはまるで防波堤のように、こちらに近づけないためのようにも見える。

「センセーっ！」

「どうした、碧志くん。食べるもの、なくなった？」

外泊と一時退院と寛解退院はまったく別ものだと、碧志は知っている。その決定的な違いは、寛解退院すればみんなマスクを外せることだ。それを知った上で、碧志はどんな気持ちでマスクをしているのかと、夏陽は切なく思う。

「これ。ぼくがやいたので、たべてください！」

差し出した紙皿には、しっかり焼きすぎたウインナーが載っていた。

「おー、ありがとう。碧志くんは、食べた？」

「たべました！」

「野菜は？」

「それは……ちょっと、キライなので……」

「ニンジンも嫌いなんだって？」

「なんで、しってるんですか？」

保延は笑いながら、キャップをかぶった碧志の頭をポンポンと叩いた。

「いいよ、いいよ。せっかくのバーベキューなんだから、好きな物だけ食べれば」

しかし内心、保延が胸をなで下ろしているのが、夏陽にはわかった。

生野菜は土壌《どじょう》中の菌による食品汚染の可能性があるため、十分に洗浄して十分に加熱する必要がある。それでも心配だというのに、バーベキューで生焼けの野菜を食べるのは、危険極まりない。そのあたりは碧志の両親にもしっかりと説明していたものの、保延は気にしていたに違いない。

「じゃあ、きょーじゅ！」

碧志は、明らかに岸原に向かって声をかけた。

「……私のことかな？」

「きょーじゅは、なにをたべますか？」

「あら。焼いてくれるの?」

「はい！　おせわになります！」

大学病院内の序列を、六歳の子どもがすでに理解していた。それほど、病院での生活が長かったということ――世界のすべては、小児科病棟だったということだ。

「じゃあ私は、和牛ミニハンバーグをください」

保延は白衣のポケットからボールペンとメモ帳を取り出すと、碧志に手渡した。

「ほら。これ使いな」

「ありがとう。えーっと、みに……はんばーぐ……きょーじゅ……。かんごしさんは、なにをたべますか！」

その視線は、夏陽と永木に向いていた。

「えっ?　いや、あたしは看護師じゃなくて――」

隣の岸原に、夏陽は肘でつつかれた。

「お願い。最期まで、立派に『モブ』を演じて」

「――あたしは、ウインナーをください……あっ、しっかり焼いて！」

「わたしも、ウインナーもらえますかー?」

「はい。ういんなー……にほん……かんごしさん」

そんなメモに必死な碧志を、大柄な男性が後ろから肩車で持ち上げた。

「碧志。こっちで、なにやってんだー？」

「あ、パパ。きょーじゅとかんごしさんの、ちゅうもんをきいてたんだよ」

碧志の父親は、元救助隊員＝レスキュー隊員だった。

それは特別な技能と経験を身につけた者しかなれない、消防士の中でも難易度の高い職種。ところが去年、現場で左脚を鉄骨に挟まれて負傷して以来、最前線からは離脱していた。しかも残念なことに、さらに上のランクである特別高度救助隊を目指して、研修を受けることが決まった直後だったという。

しかしなによりショックだったのは、ベッドで容態の悪くなっていく碧志に「パパならぜったいレスキューにもどれるよ」と励まされたことだったと、入居初日に涙ぐみながら話してくれたことを、夏陽は忘れられない。

「注文？　見せてみ……ハンバーグとウインナーか。まだ、残ってるか？」

「あるよ。パパがたべてなきゃ」

「……あー、ハンバーグはぜんぶ食ったかも」

「えーっ！　のこしといてって、いったじゃん！」

「ちょっと、戻って確認してくるか」

そう言って軽く会釈した父親は、碧志を肩車したまま母親のもとへと連れ戻した。

「ご両親も楽しんでくれてるようで、私も嬉しいわ」

ほっとひと息ついてマスクを外した岸原とは違い、保延は無表情ながらも露骨に不服そうだった。

「……どうですかね」

「なに、保延。何が不満なわけ？」

和やかだったバーベキューの場に、冷ややかな風が吹いた。

「治療できない子どもを見せられても、無力感しかないってだけですよ」

「あんた。その歳で、まだ神さま気分を引きずってるわけ？」

「は？　どういう意味です？」

「昔から言ってるでしょ。医者は全員を救えないって」

「昔から言ってますけど、人を救えない医者って、医者の定義にあてはまります？」

「それは狭義《きょうぎ》の医者のこと。また壊れるつもり？」

東屋でぼんやりと、マザーグースの歌詞を繰り返しつぶやいて、フラッシュバックを振り払っていた保延。そんな保延を朔は「アツい」と言い、瀬川は「ヤバい」と言い、岸原は「壊れる」と言う。

それらを合わせて考えた時、夏陽の中で保延の全体像がなんとなく見えた気がした。

「壊れるとか……大袈裟《おおげさ》なんですよ」

「あのままじゃダメだったから、ここに無理やり引き抜いたんでしょ。いい加減、失われていく者への寄り添いも人を救うことだと、理解して欲しいんだけどねぇ」

「すみませんね。いつまでたっても、ダメ医者で」

気まずい空気だけを残し、保延はバーベキューから離れて碧志たち親子を見守った。

「ごめんね。なっちゃんも、永木さんも」

岸原はため息をついて、網の上で焼けすぎた椎茸《しいたけ》を箸でひっくり返した。

「保延は町医者の小児科向きだけど、大学病院みたいな高次医療機関の小児科向きじゃなかったの」

「……どういうことです？」

「なっちゃん、知ってる？　あいつの部屋ね、物が何もないのよ」

「何もって……ぜんぜん何も、ですか？」

「そう。あるのは仕事用のデスクと端末、あとはベッドだけ。シンプル生活やミニマリストなんてものじゃなく、物がなさすぎて殺伐としてるの。それなのに、かつて看送った子どもたちからもらった手紙や絵だけは、いまだにひとつ残らず壁一面に貼ってある――」

想像するだけで、その光景はあまりにも非日常的だった。

「――でもあれは、保延を見守ってるんじゃない。保延が失われた者に、今も魂を引きずられているだけなの」

それが保延の、小児科医としてのすべてを物語っていた。

「当たり前だけど、大学病院には重症患者が優先的に入院してくるわけ。もちろんそれだけ救えない命に直面することも、涙をこらえて看送ることも増えてくるでしょ？　だからって小児科医がみんな、それに耐えられるわけじゃないのよ」

「それでカンファランスの時に、保延先生に『やれそう？』って聞かれたんですか……」

しばらく遠くを眺めたあと、岸原は頭を軽く振ってこちらの世界に戻ってきた。

「あら、やだ。しんみりさせちゃって、ごめんなさい」

「いえいえ。保延先生のことが少しわかって、よかったです」

「あいつ、ホント自分のことを喋らないから——あっ、それより。大事なことを忘れるところだったわ。ねぇ、なっちゃん。私、何かまた見落としてない？」

「保延先生のことですか？」

「じゃなくて、碧志くんのこと。ほら、この前。大高さんの時よ。あれ、なっちゃんが気づいてくれたじゃない。本当の最期の願いは、別にあったって」

「いやいや。あれは、なんていうか……あたしが気づいたんじゃなくて、永木さんが気づいてくれたので」

「永木さん、そうなの？」

急に話を振られて動揺した永木は、紙皿から焼いたさつまいもを落とすところだった。

「いえ。あれはただ、デンファレの花言葉を夏陽さんに話しただけで」

「まぁ。じゃあ、ふたりの大手柄だったのね」

「とんでもないです。あれはすべて、夏陽さんの気づきのお陰だと思います」

「でもあたしだけじゃ、あそこまで掘り下げられてなかったですから」

岸原は紙皿と箸を置いて、ふたりに向き直った。

「今回はね。この近くで見つけた廃校になった小学校をリフォームして、教師も生徒もエキストラで雇うことも考えてたの。でもそれって、結局『偽物で騙す』ってことでしょ？　やっぱりそんなの碧志くんとご家族に失礼だと思ったから、県の教育委員会と地元小学校の校長にかけあったの」

「学校公開とか体験入学って、かけあったら、やってくれるものなんですか？」

「だいたいは、一月か二月なんだけど……ほら、人ってみんな清廉潔白《クリーン》ってワケじゃないでしょ？　だからそのあたりは、朔に任せてあるの」

岸原の説明は、いまひとつ答えになっていない。

そこで夏陽は、カンファランスで保延と岸原が交わしていた言葉を思い出した。

——学校の方は？

——話はつきました。めんどくさいことは、朔が対応してくれましたので。

どうにも、朔が思春期に保延から言われた「どんなことでもいいから勉強してこい」につながるような気がしてならない。教育委員会や小学校の校長など、学校公開の決定に権限を持つ者たちに対して、情に訴えて頼み込んだのならまだいいだろう。しかし何らかの圧力をかけていないか、夏陽は心配になった。

「あの子ね、元は保延の患者だったんだけど、すごく優秀な子なのよ。瀬川先生を連れて来てくれたのも、朔なんだから」

「えっ！　どうやったら、瀬川先生を？」

「パチンコ店で、声をかけてくれたの」

夏陽には、岸原が何を言っているかわからなかった。

四十歳にして予定していた人生設計の大半を完成させてしまった瀬川が、順風満帆だった人生に対して不意に「まるで機械のようでつまらない」ものに思えてならなくなったのは知っていた。

しかしどうやらその時、やさぐれて生まれて初めて入ってみたパチンコ店で、偶然隣に座っていたのが朔だったらしいのだ。パチンコの仕組みなどまったく知らない瀬川は、大当たりがまだ続く状態にもかかわらず席を立とうとした。そこへ声をかけたのが朔なのだ。

お礼をかねて昼食を奢《おご》った瀬川は、話をするほどに、朔の生き方を心から羨ましく思ったという。そこから朔と瀬川の付き合いは始まり、やがて周囲の反対を気にもせず、ここに在籍を決めたのだった。

「なんですか、その流れは……」

もしかすると楽園クロッシングには、誰もが「必然」という名のもとに呼び寄せられているのかもしれない――そんな超常的なことなどあり得ないと知りながら、自分も意味があってここに呼ばれたのではないかと、夏陽は思わず考えてしまう。

「ともかく。私、大高さんの時のような見落としを二度としたくないの。だから、なんでもいいから教えて。碧志くんのことで、何か気づいたことない？　小学校に体験入学するだけで、本当に大丈夫そう？」

「本当は、ずっと通いたいんでしょうけど……それは無理ですよね」

「……さすがに、それは」

夏陽が気づいたことといえば、入居時も今日も、同じ服と帽子を身につけていたことぐらい。しかしそれはきっと、碧志のお気に入りだからだろう。あれぐらいの年齢の子は、気に入ったものは毎日でも着たがると、前の職場でも聞いたことがある。

ただし、こじつけるのであれば――。

「無理やりっぽいですけど……あえて言うなら、あの格好ですかね」

「碧志くんが着てる服？」

「ですね。昨日の入居時に着ていたのとまったく同じですし、たぶん碧志くんにとってお気に入りなんでしょうけど……なんていうか、特別なのかなって」

「大高さんと金森さんにとっての、お花みたいな？」

「そこまではわからないですけど、あの服ってキャップまでぜんぶ含めて、統一感みたいなのがあるじゃないですか。制服的な？」

　そこで不意に声を上げたのは、永木だった。

「あ、それでかな。あの帽子、英語で『ＦＩＲＥ《ファイヤー》　ＤＥＰＡＲＴＭＥＮＴ《デパートメント》』って書いてあったんですよ。もしかして碧志くん、消防士さんが好きなのかも」

　それを聞いて、夏陽の中で何かがつながり始めた。

「ファイヤーなんとかって、消防士っていう意味なんですか？」

「消防署って意味です」

「……オーナー。もしかして、それって」

「永木さん。碧志くんのお父さんって消防士さんで、元レスキュー隊員なの」

　夏陽は、慌ててスマホで「消防士」「制服」を検索した。

　紺色の上下作業服に、「ＦＩＲＥ　ＤＥＰＡＲＴＭＥＮＴ」の刺繍の入った紺色のキャップ——間違いない。あれは消防士が着ている「活動服」と呼ばれる、制服を真似たものだったのだ。

　不意に夏陽の内側がざわついて、あの時の思いが蘇る。

　——大高さんが最期に叶えたい願いって、本当は何ですか？

「オーナー。これは、あたしが勝手に考えてるだけなんですけど」

碧志は自分の容態が悪くなった時でさえ、ケガをした父親を「パパならぜったいレスキューにもどれるよ」と励ました。そして自らも消防士のような作業服を好み、キャップまでそろえているのだ。

「碧志くん、お父さんのような消防士になりたいんじゃないですか？」

「ふたりとも、ありがとう――」

そう言って岸原は、夏陽と永木をまとめて抱きしめた。

「――ちょっと私、ご両親とお話ししてくるわ。もしかすると、またふたりに助けられたのかもしれない」

碧志は将来、大好きな父親と同じ消防士になりたかったのではないか。

もしそうだとすると、夏陽の中にひとつだけ疑問が残った。

なぜ碧志は最期の願いとして「消防士になりたい」と言わなかったのかということだ。

＊

その小学校は、市街地から一番離れた場所にあった。

周囲に街並みはなく、緩やかな「くの字」に曲がった二階建て校舎の背後には、豊かな緑と山々が見える。正面の昇降口付近にはゆったりと植樹が施され、そこから緩やかな石の階段を下りると、在校生八十数名には広すぎる土の校庭が広がっている。

少し汗ばむほどの青空の下、昇降口で待っていた校長と教頭に出迎えられ、お気に入りの消防士風の服とキャップ姿で、碧志は両親と手をつないで校舎に消えて行った。

幸いなことに、碧志は感染することなく体験入学の日を迎えたのだ。

「これで、ひと安心ですね」

「……まぁ、ここまでは」

初登校の雰囲気を壊したくないとはいえ、家族三人だけで学校に行かせるわけにはいかない。碧志たちとは別の車に救急物品をすべて積み込んだ保延と夏陽は、あまり目立たないよう普段着で同行していた。

「小松くんの、主治医の先生ですか？」

昇降口で夏陽たちを待っていたのは、素朴な印象の小柄な女性教諭だった。

「わたくし、教務主任の高井《たかい》と申します」

「はじめまして、小児科医の保延です。こちらは、看護助手の稲です。この度は無理な申し出にもかかわらずご尽力いただき、本当にありがとうございました」

お辞儀しかできない夏陽は、無表情なまま反射的に社交的な挨拶が口をついて出る保延に感心した。それ以上に、看護助手という役を演じることに、恥ずかしさが隠せない。

「どうぞ、お上がりください。一年生の教室は、こちらです」

持参した室内スリッパに履き替えた夏陽は、周囲を見渡した。

理科室、家庭科室、そして教室の学年プレートが、次々と目に飛び込んでくる。綺麗に掃除された廊下を歩きながら、とうの昔に記憶から消えてしまったはずの小学校の景色が、夏陽の中で蘇った。

「高井先生。今日の予定に変更はありませんか？」

「はい。校長の樋口《ひぐち》から生徒に小松くんを紹介させていただいたあと、一年生と一緒に図工の授業を受けていただきます。それから五年生が自作した学校紹介と那須塩原についての紙芝居を読み聞かせ、最後に校長と校内の見学を予定しておりますが……身体的な負担は、いかがでしょうか」

保延は、ちらりと腕時計を見た。

「大丈夫です、問題ありません」

「みんなで給食を食べられないのは、残念ですけど……」

「どのみち食事制限もありますし、ここまでしていただければ申し分ありません」

教務主任は、複雑な表情で保延を見た。

「あの、保延先生。小松くんは来年、本当に我が校には入学できないのでしょうか」

朔の話では、碧志の疾患は「小児慢性特定疾患《しょうにまんせいとくていしっかん》」とだけ伝えてあるらしかった。あえて具体的な疾患名を告げなかったのは守秘義務もあったが、余計な詮索と検索を避け、学校側から本人や家族への不用意な失言をなくす目的もあるという。

しかしその予後と現状についてだけは、季節外れの体験入学を実施させるため、説得材料として開示することの承諾《しょうだく》を両親から得ていた。

「難しいと思います」

「そうですか……あんなに、元気そうなのに」

「あまり詳しくは話せませんが、もし今日の体験入学が来週に延期されていたら、碧志くんには二度と小学校に登校する機会はなくなっていた可能性もあります。ですから先生のご尽力には、本当に感謝しております」

教務主任は涙をこらえられず、ハンカチを取り出して目頭に当てた。

六歳の男の子が夢みたのは、小学校に通うこと。

しかしそれは、たった一日で終わってしまう儚い夢。

あたりまえのように生徒を迎え、あたりまえのように送り出してきた小学校の教諭からすれば、あまりにも信じがたい現実だったのかもしれない。

教務主任は気を取り直し、ハンカチをポケットに戻した。

「ところで保延先生は、旧リゾートホテルを改装した、あの施設の方なんですよね？」

「そのあたりは、檜沢の方からご説明させていただいたと思いますが」

「政府系企業の福利厚生施設になる予定だとは、うかがっておりますけど……」

たしかにその説明だけでは、この状況を十分に理解できないだろう。

しかし夏陽でさえ、楽園クロッシングについては十分に知らされていない。実際のところ、わかっているのは「最期の願いを叶える施設」ということだけ。その素性や財源、入居者の選択基準など、多くのことはうやむやのままだ。すべてを知っているスタッフが岸原以外にどれだけいるのか、夏陽にも想像がつかない。

だから部外者が楽園クロッシングについて、それ以上を知ることは残念ながら——。

「高井先生は『メイク・ア・ウィッシュ』という、ボランティア団体をご存じですか？」

驚いたことに、保延は話を続けた。

「……いえ、恥ずかしながら」

「簡単に言うと、難病を抱える子どもたちの、夢を実現させるための非営利団体です。我々は将来的に、それと似た組織になる予定です」

「まぁ。あそこは、そんな施設になるんですか」

「これは先生のご尽力に対して、私が個人的にお話しさせていただいていることです。申し訳ありませんが、どうかご内密に」

それが真実かどうか、夏陽にはわからない。

ただ楽園クロッシングについて「ノーコメント」で終わらさなかったことに、保延なりの感謝が込められているのではないかと感じた。

そんなことを話しているうちに、夏陽たちも一年生の教室の前に着いた。

碧志の両親は感慨深そうに、図工の授業を眺めている。母親は目に涙を浮かべており、父親はその肩を優しく抱いていた。

もちろん保延も夏陽も、両親には声をかけない。

この光景に流れる一分一秒が、かけがえのない思い出として刻まれているのだから。

「先生。碧志くん、楽しそうですね」

遠巻きながら、夏陽も教室の中を覗いてみた。

授業とは名ばかりで、教室の中は一年生たちに囲まれたウエルカム・パーティー状態だった。碧志はその中心で、買ったばかりのクレヨンで楽しそうに絵を描いている。

病院の中しか知らなかった碧志の前に、新しい世界が開けている。

病院の外でも友だちはたくさんできることを、碧志は生まれて初めて知ったのだ。

「でも……本当にマスク、してもらわなくてよかったんですか?」

「仕方ない。碧志くんのご両親が『いつも通りの教室で』と望まれたので」

この小学校に限らず、感染症の流行でもない限り、マスク着用を推奨《すいしょう》する小学校は少なくなった。とくに暑くなった今の季節、熱中症予防の観点から、むしろ推奨されない。

碧志は「退院したばかり」という説明でマスクをしているが、周囲の子どもたちはいつも通り。互いの距離も近く、時間が経つほど碧志に顔を近づける子どもが増えていく。

それ自体は、とても喜ばしいことだ。

しかしこの状況こそ、保延が素直に喜べない理由でもあった。

「どこから、何が感染するか。あるいは、何も感染せずに済むか――あとは、運次第だ」

やがて四十五分の授業はあっという間に終わり、一年生にあいさつを済ませると、興奮した碧志が教室から飛び出してきた。

「パパ！　みてこれ！　ぼくが、じゅぎょーでかいたんだよ！」

「おっ。何を描いたんだ？」

「あのね、おとなになったら、なにになりたいか、しょーらいのゆめをかいたんだ」

碧志が差し出した画用紙には、赤く四角い車と、青い服と帽子をかぶった人、それから色違いで、オレンジの服を着た人が、クレヨンで大きく描いてある。そして空いたスペースには小さな家と、手を振る髪の長い女性が立っていた。

「……そうか。これが碧志の、夢か」

「これはね、きゅーじょしゃでね、こっちはふつうポンプしゃでね、それでこれは」

その絵から目をそむけた父親は、言葉を詰まらせながら碧志の頭を優しくなでた。

「ほら――次の授業に、行っておいで。校長先生が、待ってる――ぞ」

「じゃあ、パパ！　またあとでね！」

校長に手招きされた碧志は、両親を振り返らず駆けていく。

両親の手元に残された、碧志の絵。

もう一度それを見た父親は袖で涙を拭い、母親は声を殺して泣いた。

「おふたりとも、大丈夫ですか？」

保延は相変わらず無表情だったが、その声はどこか慈愛《じあい》に満ちていた。

「すいません、先生……おれ、絶対に泣かないと決めていたのに……」

「その絵。見せてもらって、いいです？」

差し出された碧志の絵は拙《つたな》いながらも、それが何か夏陽にもはっきりとわかった。

「……青いのは、消防隊員。オレンジは、救助隊員《レスキュー》です」

「そして、消防車が二台ですか」

「一台は、放水用のポンプ車。もう一台は、おれが乗っていた……救助車でしょう」

「もしかすると、この小さい消防隊員は碧志くん、大きい救助隊員はお父さん。そしてこちらは、お母さんかもしれませんね」

小さな家の前に描かれたスカート姿の女性は、大きな手を振っていた。

「碧ちゃん……」

震える母親の肩を父親が強く抱いた時、次の授業が始まるチャイムが鳴った。

「お父さん、お母さん。歩きながらで申し訳ありませんが、もう一度うかがいます――」

保延は碧志の絵を母親に返すと、ふたりを交互に見た。

「——明日以降、どうされますか？」

先週のバーベキュー以来、保延と岸原は、何度も両親と話し合っている。

しかしその答えは、いまだに出ていなかった。

「どうしてやるのがいいいか……おれには」

「お母さんは、どうお考えですか？」

うつむいてしまった父親に、母親は毅然とした顔を向けた。

「あなた。この絵を見たでしょ？　あれが碧志の、本当に叶えたい夢なのよ」

それでも父親は、何も言えない。

「バーベキューの時、碧志から聞いたでしょ？　あの子がなぜ『消防士になりたい』と言わず、『小学校に通いたい』って言ったのか。体力は、あとからなんとでもなる。まずは学校に通って、しっかり勉強しないとレスキュー隊員にはなれない——ずっと碧志にそう教えてきたのは、あなたなのよ？」

父親は黙ったまま、唇を嚙んだ。

つまり碧志にとって小学校に通うことは「夢の通過点」に過ぎなかったのだ。

「碧志が珍しい『黄色い』ランドセルを欲しがったのも、あなたの消防署で使ってる空気ボンベが黄色だから。大好きな青い上下の服も帽子も、ぜんぶ消防士のあなたを真似したいからじゃない」

「……わかってるよ」

ようやく父親は、か細い声で答えた。

しかし、その視線は廊下に落ちたままだった。

「あの子は、あなたが大好きなの。だからひとつだけ夢を叶えられるなら、何がしたいか聞いた時……大好きなパパの言ったことをちゃんと守って『小学校に行きたい』って言ったけど、本当はやっぱりパパと一緒に消防士になりたいの。それがあの子の叶えたい本当の夢だって、この絵を見れば」

「わかってるよ！　わかってるけど、今さらどうするんだ――」

父親は声を抑えながらも、感情までは抑え切れなかった。

「――バーベキューもできた。小学校にも通えた。友だちに囲まれて授業も受けられた。こんな幸運、いつまで続くと思ってるんだ。病室の子どもたちだって、みんなそうだったじゃないか。外泊すれば、決まって感染で戻って来ただろ？　あとひとつ、もうひとつと欲張っているうちに、いつかは感染してしまうんだぞ。そうなったら、碧志は」

「どうなったって、碧志に残された時間は限られてるじゃない！」

涙ながらに声を荒らげてしまってから、母親は周囲を見渡して我に返った。

夏陽にも保延にも、ふたりにかける言葉は見当たらない。

大きく深いため息をついて、碧志の父親は保延を見た。

「先生。ご提案いただいた、あのお話。本当に可能なんですか？」

「可能です。お父さんとお母さんが、ご決断されてからの話になりますが」

「決めてから、どれぐらいで？」

「今週末までには、必ずなんとかします」

五年生の教室に着いた両親は、互いの手を握りあった。

教室では青い上下に消防署のロゴが入ったキャップをかぶった碧志が、紙芝居に夢中になっている。

「先生、あと一日……いや今晩だけ、結論を待ってもらえますか？」

幼い命の行く末は、どんな選択であれ両親が決めなければならないのだ。


最初から最後まで、碧志は満面に笑みを浮かべて学校体験を終えた。

「どうだった、碧志。初めての小学校は」

「すごくたのしかった。あのしょうがっこうなら、いっぱいべんきょうできるとおもう」

そして最後は校舎の窓から手を振る、生徒たちの大きな声で見送られた。

「小松くん！　入学式で、待ってるよーっ！」

両親と両手をつないだまま、碧志は何度も校舎を振り返る。

「……はやく、らいねんにならないかな」

その輝いた瞳は、どこまでも透き通っていた。

＊

小学校の体験入学を済ませたあとも、碧志と両親は楽園クロッシングに残った。もちろんその決断に際して、大学病院の主治医からも意見をもらった。そのうえで、両親は「やれるところまでやってみよう」という結論に至ったのだ。

「くそっ！」

にもかかわらず、居室から出てきた父親は、拳を握りしめて吐き捨てた。

体験入学から二日後、碧志は熱を出してしまった。38度を超える発熱は、誰もが恐れていた感染の明らかな徴候だ。

「お父さん、大丈夫ですか？」

碧志の点滴を交換し終わって出てきた保延が、父親に声をかけた。

この状況で夏陽にできることはなく、ただ物品を持って居室の入口前まで保延について来ただけ。居室に入る勇気も、必要もなかった。

「先生。あの点滴、どれぐらい効きますか」

「免疫グロブリンの補充は、できるだけ感染が全身に広がらないようにするためとはいえ……正直なところ碧志くんにとっては、その場しのぎです」

父親が奥歯を噛みしめたのが、夏陽にもわかった。

「各種の培養検査を至急で出していますが、戻って来た結果が些細なウイルスだった場合、決定的な治療法はありません。併用している抗生剤《こうせいざい》の多剤投与も無効です」

「ちきしょう。誰が、碧志に風邪なんか――」

「感染源の犯人捜しは、不毛なのでやめましょう」

「――すみません。大学病院の先生からも言われて、わかってるつもりでしたけど」

夏陽には、父親の気持ちが痛いほど理解できた。それが姿の見えない感染症に対する人の正直な感情なのだと、前の職場でのことを思い出す。

まだ新型感染症が、世界的に大流行していた頃。夏陽の職場にも集団発生したが、その時に施設が注力したのは感染対策と拡散予防ではなく、なんと犯人捜しだった。つまり最初に感染を持ち込んだのは誰かを邪推《じゃすい》し、根拠もなく職員とその家族に全責任を負わせようと詰め寄ったのだ。

「それより、お父さん。どうされますか？　今日にでも、大学病院に戻られますか？」

体外からの菌やウイルスの侵入に対して、抵抗する術をまったく持たない状態で、碧志は感染した。ここには大学病院のような設備も、治療選択肢もない。あっという間に菌やウイルスが全身に回り、さまざまな臓器を炎症で破壊してしまう敗血症《はいけつしょう》の状態に、いつなってもおかしくないという。

「でも、先生……戻っても、碧志には根本的な治療がないじゃないですか」

「しかしここにいるよりは、一日でも長く碧志くんを」

険しい表情で、父親は保延の言葉を遮《さえぎ》った。

「今日、金曜日ですよね。あの話、どうなりました?」

「早めてもらうよう、交渉中ですが――」

その時、保延のスマホが鳴った。

「――ちょっと、失礼します。おそらく、その連絡だと思います」

ポケットから取り出して画面を見ると、保延は迷わず電話に出た。

口調と話の内容から、相手はおそらく朔だ。

「わかった、それでこっちも準備する。おまえを信じて正解だったよ」

電話を切った保延は、父親の顔を見てうなずいた。

「せ、先生……まさか」

「話がつきました。少し急ですが、今日の午後二時からであれば、三十分だけ」

眉間にしわの寄っていた父親の表情が、苦難から解き放たれたように明るくなった。

「ありがとうございます! 先生、本当にありがとうございます!」

両手で保延の手を固く握ったまま、父親は頭を下げた。

「顔を上げてください。やってくれたのは、檜沢です」

もう一度深々とお辞儀をしてから、碧志の父親は急いで居室に戻っていった。

もちろん熱を出す前の方がよかったとはいえ、なにもできないまま無駄に感染だけしてしまったという、最悪の事態だけは免れたのだ。

「先生。よかったですね」

「なにが？」

居室を背に、保延は浮かない顔をしていた。

「なにがって……予定を早められたことですよ。これで碧志くんも、ご両親も」

「満足か？　どのみち碧志くんは、死から逃れられないのに？」

「……そ、そういう意味では」

前を向いたまま、保延は視線を合わせようとしなかった。

学校に登校できても、夢を叶えられても、白血病の進行が止まることはない。

しかしそれを言ってしまえば、楽園クロッシングの存在意義もなくなってしまう。

「申し訳ない。稲さんに、そんなことを言うつもりはなかった……どうかしてるな」

保延はうつむき、小さくため息をついて首を振った。

「――これが、死にゆく者への寄り添いなのか？」

そうつぶやいた保延の瞳に、光は灯っていなかった。

*

医学に奇跡はないと、保延は言う。

しかし確率は、すべての事象に例外なく存在するらしい。

どこまで効果があるかわからないまま始めた免疫グロブリンの点滴のおかげか、起因菌《きいんきん》も定かでないまま始めた抗生剤の多剤投与のおかげか——碧志の熱が、36度台まで下がった。それが一過性であれ何であれ、予定まであと一時間という時に、碧志は確率の非常に薄い部分を引き当てたのだ。

「大丈夫かな……」

そわそわと居室の玄関前で待っていた夏陽の前に、母親と手を繋いだ碧志が現れた。

消防士の活動服に似たお気に入りの青い上下と、いつもの青いキャップ。今日は安全靴まで意識したのか、子ども用の黒いハイカットスニーカーを履いている。その姿は夏陽が用意していた車イスが無駄だと思えるほど、元気そのものに見えた。

「あの、先生……車イスは」

ふたりの後から出てきた保延は、あえて碧志に聞いた。

「どうする？　碧志くん」

「だいじょうぶです！　せんせいに、てんてきをしてもらって、ジュースとおかしをたべたら、げんきになりました！」

驚いたことに、声の張りが学校体験の時に戻っている。

「ママ！　パパが、まってるから、はやくいこうよ！」

「はいはい。もう……今朝まで、元気がなかったくせに」

涙をこぼさないよう、母親は碧志の顔を見ることができない。

その背中を押したのは、口元に穏やかな笑みを浮かべた保延だった。

「お母さん、行きましょう。碧志くんの、本当の夢を叶えに」

碧志は母親の手を引くように、前へ前へと急いだ。

そんなふたりのあとを、夏陽は念のために車イスを押して歩く。

「先生。碧志くんも、お父さんも、お母さんも、報われて当然ですよね」

「……報われる、か。悪くない表現だ」

表情を変えることはなかったが、保延はどこか満足そうだった。

やがてコテージ棟のエントランスを出ると、碧志が大きな歓声を上げた。

「あっ！　ママ、みて！　しょうぼうたい！　しょうぼうたいが、きてるよ！」

ホテル棟の駐車場には、赤い特殊車両が四台ほど並んでいた。

遠目にもわかったのは、特徴的なフォルムのはしご車ぐらい。他は何かが違うという以

くしゃだよ」

「あれはね、はしごしゃと、ポンプしゃ。おおきいやつは、どうりょくつきのすいそうしゃで、ちいさいほうは、ふつうポンプしゃ。あっちはパパがのってた、きゅうじょこうさくしゃだよ」

「ねぇ、碧志くん。あれ、なんの消防車なの？」

外、夏陽には区別がつかない。

碧志の目は、生き生きと輝いていた。

先週のバーベキューで、碧志の本当の願いは「消防士になること」ではないかと気づいた。そして体験入学のお絵描きで、それを確信した。

そこで急遽《きゅうきょ》、朔は地元の消防署にかけあった――明日にも死にゆく子どもの願いを叶えてもらえないかと。

しかし突発的なイベントのうえに、地域の防災とは無関係な、個人からの依頼だ。当初は地元の「消防団」ならばという話になったものの、碧志の夢は「消防士」だ。将来は元レスキュー隊員の父親と肩を並べたいのに、それでは夢を叶えたことにならない。

とはいえ消防署の特殊車両を動かすためには、どうしても規定や上の承認という壁が立ちはだかる。難航する交渉で時間ばかりが流れ、やはり「消防団で」という結論で話し合いは終わりそうになった。

しかしその閉塞感を打破したのは、意外にも消防署で隊長を務める消防士長だった。

その隊長は不幸にも、息子さんを神経難病で亡くされていた。それ故、朔の話にも積極的に耳を傾け、まるで我が子のことのように、ひとつの提案をしてくれた。

それは毎日行っている訓練の時間を、碧志のために割いてはどうかというものだった。

「あっ、あっ！　パパだ！」

碧志が指さした先には、青い活動服に青いキャップの消防隊員が数人、そしてオレンジの救助服に白いヘルメットをかぶったレスキュー隊員が数人――その中に、碧志の父親も同じ姿で立っていたのだ。

碧志は、もう我慢できない。

繋いでいた母親の手を振り切り、つい数時間前までベッドに横たわっていたとは思えない勢いで、父親のもとに駆け寄った。

「パパ、どうしたの！　レスキューにもどったの⁉」

「ははっ。碧志ががんばってるから、もう一度パパもがんばってみようかと思ってな」

それを聞いて満面に笑みを浮かべた碧志を、消防士たちが取り囲んだ。

「きみが、碧志くんかい？」

「はい！　こまつあおしです！」

一歩前に出た救助服の消防隊員に、碧志は背を正して敬礼した。

「隊長の米山《よねやま》だ」

敬礼を返したあと、グローブをはずして碧志と握手をした米山。その日焼けした顔には深いしわが刻まれており、歴戦《れきせん》の消防隊員といった印象を受ける。

「今日は碧志くんが、将来は消防士になりたいと聞いて駆けつけたんだが、体調の方は万全だろうね？」

「はい！　てんてきしてもらって、げんきになりました！」

「そうか。なら、碧志くん。きみを今日一日、我が署の名誉消防士に任命する」

「えっ！　しょうぼうしに、なれるの⁉」

米山は小さな銀色の消防章がひとつ刺繍された長方形のワッペンを取り出し、碧志の右胸ポケットの上に貼り付けた。

「あっ！　かいきゅーワッペンだ！」

「それから、これは我が署の帽子だ。外に出る時は、決して帽子を脱がないように」

米山は碧志の帽子を取って隣の父親に渡すと、大きすぎる帽子を碧志にかぶせた。

「みて、パパ！　ぼく、ほんものの、しょうぼうしになったよ！」

「……よかったな、碧志。あの絵の通りになったじゃないか」

「ぼく、がんばるからね。がんばってうんどうして、いっぱいべんきょうして、つぎはパパのような、レスキューたいいんになるからね」

小さな新人消防士の頭をなで、碧志の父親は涙がこぼれないように空を見上げた。

「米山さん、ありがとうございました。お忙しい中、碧志のために……こんな」

父親の目に、もう涙はなかった。そこに浮かんでいるのは、長い旅路の末にようやく目的地に辿り着いた、安堵のようでもある。

「気にしないでください。これは、私が私のためにやったことです」

碧志を見た米山の目は、どこか遠くを眺めているようだった。

「私の息子も、消防士になりたがっていました。しかし当時の私は、ここまでしてやれなかった。いや、やろうとしたらできたのに、理由をつけてやらなかったのかもしれません。だからこれは、私が私の息子に――」

声を詰まらせた米山は、すぐに気持ちを切り替えた。

「――碧志くん。我が署では新人が入隊すると、みんなで記念写真を撮る。これからどんなことがあっても、永遠に仲間だという証拠に」

「たいちょう。ママも、よんでいいですか？」

「もちろんだ。きみの大切な人は、ひとり残らず呼びなさい」

ぱっと目の色を輝かせた碧志は、つま先立って手招きした。

「ママ、はやく！　ぼくのにゅーたいの、きねんしゃしん、とるよ！」

「はいはい、すぐ行きますから」

「せんせいと、かんごしさんも！」

夏陽と保延は、顔を見合わせた。

しかしそんな躊躇《ためら》いを、碧志は待ってくれなかった。

「はやく、はやく！　しょうぼうしは、じかんげんしゅなんだから！」

「行こうか、稲さん」

夏陽の中で、米山の言葉が重くのしかかる。

――これからどんなことがあっても、永遠に仲間だという証拠に。

たとえ今日ここにいる誰かがいなくなっても、写真の中では永遠に生き続けるのだ。

「サク、撮ってくれ」

いつでも、いつの間にかそこにいる――朔は本当の意味で、完璧な裏方だった。

「はい、撮りますよー」

碧志は父親と母親、そして消防隊員たちに囲まれて、すべての消防車両の前で写真を撮った。背を正し、敬礼をし、満面の笑みを浮かべていた。

そこには明日への不安など、欠片《かけら》も写っていない。

「では、小松碧志くん。これより管轄《かんかつ》する区域の防災見回りをした後、署に戻って放水訓練を行う。碧志くんとお父さんは、救助工作車に。各自、熱中症には注意のこと」

「はい！」

「いくぞ、碧志」

ふたりが乗り込むのを見届けてから、隊長の米山が保延に近づいて来た。

「先生。あの子を連れ歩いても、本当に大丈夫なんですね？」

「今なら、大丈夫です。責任は、すべて私が持ちます。我々もお母さんと一緒に、別の車に医療物品を積んであとを追いますので」

「ははっ。ドクターカーが伴走なら、安心です」

「ですから、時間の許す限りお願いします」

「……息子も、こんな施設に入れてやりたかったな」

米山は最後に消防車へと乗り込むと、窓から保延に敬礼した。

こうして、六歳の夢は叶ったのだった。


それから五日後――。

小さな棺が、楽園クロッシングをあとにした。

熱が下がって元気だったのも、やはり一時的なものだった。感染の勢いは止められず、起因菌も特定できないまま、碧志の肺炎は急速に進行した。

しかし驚くことに、両親はその状況でも大学病院への救急搬送を拒んだ。

なにより薄れゆく意識の中、碧志が望んだのだ。

――ここで、パパとママと、いっしょにくらしたい。


六歳の碧志には、わかっていた。

大学病院では、家族そろって暮らせないことを。

家族そろって同じベッドで眠れないことを。

両親は、主治医から聞かされていた。

大学病院に戻っても、碧志に施せる治療は延命だけであることを。

だから碧志の両親は、断腸《だんちょう》の思いで最期の時間をどう過ごすか選択した。一分一秒の延命と家族で過ごす時間を天秤にかけて、苦渋の決断をしたのだ。

この家族の在り方に、誰も何も言う権利はない。

それは幼い碧志が教えてくれた、「どう生きるか」ということなのだから。

＊

夏の日射しは、陽が沈む直前まで眩しい。

「いよいよ、夏本番か――」

永木の夕食を配膳し終わった夏陽は、管理棟へ向かう途中で岸原に声をかけられた。

「あ、なっちゃん。ちょうどよかった」

「え……あたし、なにかミスしました？」

「違う、違う。そうじゃなくて、これを預かってたの」

そう言って差し出したのは、一通の封筒だ。

その瞬間、夏陽の体から一気に血の気が引いていった。

楽園ク《こ》ロッシン《こ》グにまつわる手紙や封筒には、常に死が伴っている。夏陽が入職するきっかけになったとはいえ、家族から送られてきた手紙の主を捜してやって来た時には、すでに谷脇は亡くなっていた。受け取った手紙を小包に詰めて発送し終え、戻って来たら大高は息を引き取っていた。ならば碧志がこの世を去ってから三日目に渡される封筒は、夏陽に何を突きつけてくるのか。

「……オーナー。あたし、恐いです」

しかしここは、楽園クロッシング——この世から消えて亡くなる人たちが、消えない思い出を残せる場所。歩いて入居してきた人たちが、歩いて立ち去ることはない。

それをわかった上で、むしろそこに惹かれて入職したのではなかっただろうか。

「晩ごはんのあと、ゆっくり話でもしましょう。なんでもいいから思ったまま、いろんな話をしましょうよ」

岸原が立ち去っても、夏陽は封筒を開ける気にはなれなかった。

頭の整理がつかないまま、コテージ棟の廊下を歩いていると、いつの間にか離れの東屋の前に来ていた。

そこには白衣のポケットに両手を突っ込んだまま座り、定まらない視線で虚空を眺めている保延がいた。聞こえてきたのは、やはりあの抑揚のないひとりごとだ。

「ソロモン・グランディ、月曜日に生まれ、火曜日に洗礼を受け、水曜日に結婚し――」

夏陽は足を止めると、引き込まれるように東屋に入った。

保延は夏陽に気づいたが、視線を送るだけで何も言わない。

向かいに座った夏陽はため息をつくと、保延のひとりごとに言葉を続けた。

「――木曜日に病気になり、金曜日に病気が悪化」

夏陽もこの歌詞を、意味もわからず覚えていたのだ。

保延は言葉を返さず、ソロモン・グランディの歌詞を続ける。

「土曜日に死んで、日曜日には墓の中――」

夏陽は意を決して、渡された封筒を開けた。

そこには手紙ではなく、一枚の写真が入っていた。

満面に笑みを浮かべ、消防車の前で両親と隊員たちに囲まれて敬礼をする碧志。そこにはもちろん、夏陽も一緒に写っている。

この写真を撮った時の、消防署の隊長の言葉が鮮明に蘇る。

——これからどんなことがあっても、永遠に仲間だという証拠に。

「碧志くん……」

保延は立ち上がると、東屋から出ていく前に、最後の一節をつぶやいた。

「——ソロモン・グランディの人生は、これでおしまい」

夏陽が写真を裏返すと、拙い文字がマジックで大きく書かれていた。

かんごしさん　ありがとうございました
ここは　とてもたのしかったです

あおし

その夜。夏陽は部屋の壁に、この写真を貼った。

そうすることで、何かに報いることができるような気がしたのだった。

第四話　消えゆくあなたへの物語

碧志を看送って以降、新たな入居は途絶えた。

しかし、夏陽の心労は増えていくばかりだった。

「永木さん。今日は、どうします？　エントランスの窓際席まで、行けそうですか？」

昼食の配膳に来たものの、夏陽は配膳カートを居室の外に停めたまま、居室内に運び込んでいない。保延から許可が下りる限り、永木を居室の外に連れ出したかったのだ。

「大丈夫ですよ。あそこでごはんを食べると、ランチ気分で楽しいので」

「よかった。車イスを用意しますね」

このところ、永木の食事量は明らかに減っている。それに伴い体重も徐々に減り、歩いてエントランスまで出かけることが辛くなった。

こうなってくると、本来は「経腸栄養剤《けいちょうえいようざい》」と呼ばれる、カロリーや必要成分を配合した液体の缶やパックを飲んで補うらしい。永木の気持ちを知るべきだと保延に言われ、ためしに夏陽も口にしてみた。のど越しの悪い乳化した液体で、取って付けたようなフレーバーの味と匂いが鼻を抜けていく。想像していたほど不味くはないが、正直なところ美味しいとも言えないし、毎日定期的に一定量を飲みたいとは思わなかった。そこで栄養士の土谷が知恵を絞り、シェイクやポタージュスープに似せて作り直してくれているのだ。

「今日は、何味なんですか？」

「カボチャスープ味って言ってましたよ」

「やった。あれ、好きなんです」

「じゃあ、明日もそれにしてもらいます？」

「えー。それは飽きちゃう」

　しかし永木が言うには、食欲が失せるというより、飲もうと思っても体が拒絶している感じがするらしい。それに加えて、濃い液体成分が素早く消化管を通過するのは、ダンピング症候群を誘発しやすい。だからといって保延は、少量ずつ一時間もかけて２５０mlを飲めとは決して言わなかった。

　最終的には鼻から管を入れたり、腹にポート用の穴を開けて胃や腸に直接チューブでゆっくり滴下注入したりするのが確実だが、永木はそれを望まないと拒否している。永木にとって腹に管を繋がれた姿は、苦痛なだけで未来のない延命と変わりなかったのだ。

　だから保延も、入居前から永木に入れられていたＣＶポートだけの管理で、それ以上「体に管を繋ぐ」ことはしないと明言した。たとえそれが生命維持に必要なことであっても、生活の質《クオリティオブライフ》を落とすようであれば、提案しても強要はしない。その代わり、できることは損得抜きで何でもやる。それが楽園クロッシングの大原則だ。

不意に夏陽は、大高の最期を思い出す。

――管だらけの寝たきりになるつもりはない。

大高は、CVポートの埋め込みさえ拒んだ。どこまでを延命治療とするかは、最期までその人の『死生観』を十分に考慮する必要があるのだ。

「ですよね。あたしも土谷さんのシーフードポタージュは好きですけど、毎日出されたらさすがに飽きちゃうっていうか、土谷さんのこと嫌いになっちゃうかも」

「ポタージュじゃなくて？　それはちょっと、可哀想ですよ」

笑いながら車イスへの移動を介助した夏陽だが、回した永木の腕の細さや体の軽さが嫌でも伝わってくる。女性らしかった柔らかさは減り、固く骨張ってきた。永木の命が下り坂にあることを、見た目や数字ではなく、肌で直接感じる。これがなにより、夏陽の心を締め上げるのだ。

そんな感情を振り払いながら車イスのロックを外した時、珍しい顔が玄関を覗いた。

「おーい、稲さん。ここ開けっ放しだけど、なんか手伝うことあるー？」

担当する入居者がいなくなり、最近では暇を持てあまして敷地内をうろうろすることが増えた、瀬川だ。

「お疲れさまです。今から永木さんと、エントランスでランチするんですよ」

「そうなんだ。僕も交ざっていい？」

それに笑顔で答えたのは、永木だった。

「わたしは嬉しいですけど……お時間、大丈夫なんですか？」

「大丈夫どころか、最近ちょっと心配になるぐらい、時間を持てあましてるんだよ」

笑いながら配膳カートのロックを外す瀬川を見て、夏陽は慌てた。

「あっ、先生！　それ、あたしが運びますから！」

「なに言ってんの。永木さんと配膳車、両方同時はムリでしょ」

「でも……」

「大丈夫、大丈夫。僕、車の運転免許持ってるから」

顔をくしゃくしゃにして笑う瀬川は、保延とは違い、積極的にコミュニケーションのハードルを下げてくれる。だからといって距離を見誤ることはなく、近づきすぎることもない。担当する入居者がいないので白衣も羽織っていないこともあり、車イスの永木と並んでゆっくり配膳カートを押す瀬川は、どこから見ても人のいいオジサンだった。

「あー、たしかに。ここでメシ食うの、気分いいかもね」

エントランスにつくと、瀬川はスマホを手に取った。

夏陽に、嫌な予感が走る。

「……オーナーからの呼び出し、ですか？」

まず思い浮かんだのは、永木の採血結果がよくなかったのではないかということだ。

「ん？　あー、そういうんじゃないよ。ウーベル・イーツを頼もうと思って」

「このあたりまで、宅配に来てくれます？」

まぁまぁ、と瀬川は気にせず電話を続けた。

「朔くん？　瀬川だけど、忙しい？　あ、そうなんだ。いま永木さんと稲さんとエントランスにいるんだけどさ、一緒にメシ食わない？」

夏陽と永木が顔を見合わせていると、瀬川がスマホを手で塞いだ。

「あ、ふたりともゴメン。朔くんも今からメシだっていうから、呼んでいい？」

そのフレンドリーさは、夏陽の抱いていた医師の印象とはあまりにも違うものだった。

「も、もちろんです……けど、永木さんは？」

「わたし、はじめてお話しするかも……」

瀬川が、少し眉間にしわを寄せた。

「そうなの？　じゃあ、止めとくか」

「あ、そうじゃないんです。お世話になってるスタッフさんですし、いろんな人とお話しできて嬉しいんですけど……あまりそういうの、慣れてなくて」

「緊張しなくていいよ。ああ見えてあいつ、めちゃくちゃいいヤツだし、けっこうフレンドリーだし。ねぇ、稲さん」

「ですね。大高さんの時に初めていろいろ話しましたけど、思ってたより気さくでした。

夏陽の中での朔に対する印象は、最初と今ではずいぶん違っていた。

あの雰囲気で、損してるかもしれませんね」

「てことで、朔くん。悪いけど、社食から僕と稲さんのメシも持って来てくれない？」

「えっ！　あたしは、自分で取りに行きますから！」

「サンキュー、ゴメンね。今度、駅前でおごるからさ」

聞く耳持たず、瀬川はスマホを切ってしまった。

「先生って、そんなに檜沢さんと仲がいいんですか？」

「仲がいいっていうか、朔くんは僕の恩人だよ」

「いやいや。恩人に、お昼ご飯をデリバリーさせるのって」

「恩人であり、友人なの。ここ、座っていい？」

窓際のテーブルを挟み、三人は向かい合って座った。

「オーナーから聞きましたけど……パチンコ店で知り合ったんですよね」

「あ、知ってたの？」

「先生、当時はやさぐれてたって言ってました」

瀬川は苦笑しながら、何度もうなずいた。

「酷かったね、あの頃は」

「いろんな専門医を取られて、全部うまくいってたのにですか？」

「僕、いい子でね。思春期が全然なかったんだよ——」

夏陽には、何を言っているのかわからなかった。

「——世をはかなんだり、大人を憎んだり、先のことなんて考えずに突っ走ったりしない。先生や親の言うことをよく聞く、いい子だったの」

「それって、いいことじゃないですか」

「ダメ、ダメ。言われるがまま勉強だけして、いい成績だけ取って、成績がいいだけで、自分のやりたいことも考えずに医者になっちゃダメさ」

瀬川は日射しの強い窓を眺め、目を細めた。

「頭がいいっていうだけで、すごいと思いますけど」

「それがね。『勉強ができる』ことと『頭がいい』ことは、別モノなんだよ」

やはり、夏陽には意味がわからなかった。

「そうやって医者になって整形外科に入局しちゃった結果、はい、次は専門医の資格。はい、次は将来開業することを考えましょう。じゃあ、ペインコントロールができた方がいいから、麻酔科に転科しましょう。そこでも専門医の資格を取っちゃったから、あとはいつ大学病院を辞めて開業するか決めましょう——けっきょく中学生の頃から自分で何も考えず、自分で何も決めず、目の前に差し出された選択肢からだけ選んで生きてきたら、いつの間にか四十歳のオッサンになってたなんて、目も当てられないって」

「……そうですかね」

「要は人の生き方として、問題アリってことだよ。そういう選択肢も葛藤も知らず、苦労も知らず、狭い世界で勉強だけできてた人間が、あと十年もするとそこその地位についちゃうの。それが世に言う、一番めんどくさい『老害』だよ」

やれやれとため息をついて、瀬川は首を振った。

「その点、朔くんなんてすごいよ。辛い子ども時代から常に自分で考えて、判断して、行動して、道に迷って、今に至る。そんな話を聞いてたら、朔くんがうらやましくてね。偶然出会えたことは、たぶん僕にとって最後の分岐点になると思ったんだよ。だから全部やめて、ここに来ることに迷いはなかったなぁ」

「でもそのおかげで、大高さんは救われましたよね」

「そう、それ。ここでは保険点数も、医局の方針も、損得勘定も関係なしで、してあげたいことができるじゃない？　恥ずかしいけど、医者になって初めてかもしれないんだよ。誰かの人生に本気で介入して、本当に役に立ってるって実感できたのは」

瀬川が自分のことを多く語ってくれたおかげか、ようやく永木が口を開いた。

「わたしは、勉強ができたわけじゃないですけど……瀬川先生が言われる『何も自分で選んだ実感がない』っていうの、わかる気がします」

「よかった、仲間がいて」

永木は苦笑いを浮かべて、話を続けた。

「わたしは、ずっと『いい子』でいたかったんですよね――」

すでに幼少期から、冷め切った両親の夫婦関係にとって自分は「かすがい」だと、永木は感じていたという。子どもながらに父親の顔色をうかがい、母親の顔色をうかがい、機嫌を取ってみたところで夫婦間の亀裂は広がるばかり。もっと自分が「いい子」になれば、もっと自分が「がんばる子」になれば、きっと父親と母親は仲良くなるはず。そう考えた永木は、友だちと遊ぶことよりも勉強を選んだ。しかしいくらがんばっても、成績は中の下が限度だった。ならば「いい子」でいるためには、家のことを手伝うしかない。掃除に洗濯、料理もいくつか覚えた。父親が休みの日には疲れているだろうと、夢の国ランドどころか、近所のショッピングセンターにさえ行きたいとせがんだことは一度もない。欲しい服も、百円ショップのアクセサリーでさえ、買ってくれと頼んだことはなかった。せいぜい両親が希に見せる機嫌のいい瞬間を見逃さず、慎重に顔色をうかがい、遠回しにそれらしい会話をして、ようやくポケットの小銭をもらう程度だったという。

「それでも結局、わたしが小学四年生の時に離婚しちゃって――」

永木もまた、朔と似たような学童期を過ごしていた。

違いは、母親に引き取られたことぐらいだろうか。それ以外は完全な育児放棄ではなかったものの、一日に母親と言葉を交わすのは二、三回だけの悲惨な状態だった。おはようも、おやすみもなく、日々は黙々と過ぎていったという。やがて派遣の仕事も、パートも続かなくなり、最後は部屋に閉じこもって出てこなくなった。永木が学校のスクールカウンセラーに相談して、市の民生委員が介入するまで、丸一年かかったという。しかしこれをきっかけに永木は、母親の病院通い、内服の管理、家事のすべてを、否が応でも担わなければならなくなってしまう。

「そうか……いわゆる、ヤングケアラーだったのか」

「すみません。せっかくのランチで、こんな暗い話をして」

「なに言ってんの。すごく、いい話じゃない？」

「とんでもない。ぜんぜん、いい話では」

「なんで？　がんばって生き抜いてきた人の話なんだから、いい話でしょ」

「……そう言ってもらったの、はじめてです」

瀬川の笑顔を見て、それが素直な言葉なのだと夏陽は感じた。

そこへ相変わらず黒服の朔が、社食から配膳カートを押して現れた。

「秀さん、お待たせしました」

「おっ。ごめん、ごめん」

朔は手早くテーブルをもうひとつ寄せると、三人分の昼食トレーを並べはじめた。

「珍しいメンツですね。なんの話をしてたんです？」

「朔くんが、すごくいいヤツだって話をしてたんだよ」

「またまた。ホントは、なんの話してたんですか？　永木さん」

「えっ？」

まさか、話を振られるとは思っていなかったのだろう。夏陽が自分の前に置きかけていた昼食トレーを、危うくひっくり返すところだった。

「ほら、この反応。絶対、違う話ですよね？　夏陽さん」

「いやいや、ホントですよ。昔から檜沢さんって、いろいろすごいなって話で」

「含みがありますね。すみませんけど、もう一度最初から聞かせてもらえます？」

隣から引っぱってきたイスに座った朔は、あっという間に場に馴染んでしまった。

「へー。今日は三色丼か」

「秀さん。スルーしないで」

「あれ。なんで朔くんだけ違うの？」

「オレと土谷さんの仲だからですよ。夏陽さんも、焼き鳥丼の方がよかったです？」

「いや。あたしは三色丼、好きですから」

「あ。永木さん、今日はカボチャスープじゃないですか」

「そうなんですよ。わたし、これ好きで――」

眩しい日射しの差し込む涼しいエントランスで、和やかなランチタイムが始まった。

ここにいるのは、毎日顔を合わせている仲間——というより「身内」の空気だった。年齢も職業も経歴も、施設での立場さえ関係ない。今は永木の車イスも、特別食も、なにひとつ特別ではなかった。

だが、それでいいのだと夏陽は思う。

なぜならいつも以上に、永木の食事がすすんだのだから。

＊

永木の体重は、ゆるやかに減り続けた。

瀬川も朔も岸原も、無愛想な保延さえ、できるだけエントランスで永木を交えてランチタイムを過ごすようにした。ＣＶポートからの高カロリー輸液も併用した。永木自身も、がんばって経腸栄養剤を積極的に飲んだ。それでも、体重は減り続ける。

つまり永木の体内で、がん細胞は容赦なく増え続けているのだ。

「永木さん。陽が沈んで、だいぶ涼しくなりましたけど……外出してみます？」

夏陽は夕食を片付けながら、ベッドで体を起こしている永木を見た。その姿は、食事を摂ることもかなり辛くなっていると思わせるものだった。

とはいえ本人が希望すれば、車イスでの外出は保延から許可が出ている。昼はなんとか車イスでエントランスまで出られているが、所詮は室内だ。できれば気分転換に、少しでも外の空気を吸わせてやりたい。いくら居室や館内の温度と湿度が快適に調整されているとはいえ、やはり外の風にあたることは必要ではないか——夏陽がそう考えるようになったのは、碧志が楽園クロッシングに来た日に、外でバーベキューをしたがったことを思い出したからだった。

「今日は、ちょっと体が重いかな……」

　体重の減少が止まらず、体を重く感じて動かす気になれない。それはがんの進行によって体力、栄養状態、筋力などが低下していることに加えて、活動する意欲自体が低下している——つまり「悪液質《あくえきしつ》」の増悪《ぞうあく》だと、保延も危惧《きぐ》していた。

　しかしなにより夏陽の心に重くのしかかるのは、悪液質の進行＝永木に残された時間が、確実に少なくなっているということだ。

「ちなみに、永木さん。花火に興味ないです？」

「花火って、前に観たような打ち上げ？」

「いやいや。そういうんじゃなくて、手持ち花火。昨日、買って来たんです」

　ただ夜風にあたるだけの外出では、残された永木の時間を無駄遣いしているように思えてならない。だから夏陽はどうにかして、少しでも豊かな時間にしたかったのだ。

「実はわたし、手持ちの花火ってやったことないんですよ」

永木は、ずっと「いい子」だったのだ。花火を手に持って川原や公園を走り回ることなど、あり得なかったはず——そんな夏陽の予想は当たっていた。

「いけそうな体調になったら、やりましょうよ。しばらく晴れるみたいですし」

配膳カートに夕食のトレーを片付け終わった夏陽に、永木がぽつりとつぶやいた。

「ありがとう、夏陽さん」

「なにがです?」

「いろいろ、気を遣ってもらって」

「あ、それは違いますよ」

想定外の返事に、永木は戸惑いの表情を浮かべる。

「気を遣うって、相手に合わせて『自分の気持ちを引くこと』だと思うんです。もちろんあたしは永木さんのことを考えて花火を買ってきましたけど、それは一緒にやったら楽しいだろうなって思ったからで、それは気を遣ったことにはならないと思います」

視線を落とした永木は、顔をほころばせた。

そういう表情を、ひとつでも多く浮かべて欲しい——それが、夏陽の願いでもあった。

「それより、永木さん。今さらですけど……あたし最近、くつろぎすぎじゃないです?」

「……どのあたりがです?」

「だってダンピング症候群の様子観察とか言いながら、ムダ話してるだけですよ? しかも、居室のソファーに座って。ちょっと何様《なにさま》っていうか、ウザくないですか？」

「ウザいなんて。こういう方が、気が楽でいいです。それに夏陽さんも、保延先生も……ここのスタッフの方たちって、わたしのプライベートを詮索しないですし」

「プライベートがどうであれ、永木さんにとって大事なのは『今』ですからね」

それを聞いた永木は、小さくため息を漏らした。

「ご存じですよね。わたしが結婚していること」

永木の担当になり、毎日何度も顔を合わせて会話を交わし、すでに三か月近くが経つ。しかしその間、書類上は存在するはずの夫は顔を出すどころか、連絡さえ入れてきたことがない。保延に聞いたところ、それは入居した当初から変わらないという。いくら夫婦仲が悪いとしても、妻が末期のがんになれば連絡のひとつぐらい——そう考えてから、すぐに夏陽はその幻想を打ち消した。

「でも、まぁ……夫婦といっても、元々は『他人』ですからね」

自分の両親も不仲で、育ててくれたのも、介護士の専門学校の費用を出してくれたのも祖母だと、気づけば夏陽も自分の過去を話し始めていた。

「実はあたし、両親っていうか、家族っていうか……親戚も含めて、そういうの嫌いなんですよ。うちの実家が、田舎の方だからですかね。本家がどうだ分家がどうだ、長男だから次男だからとか言い出して、借金と遺産でもめたんです。大好きなばあちゃんがもうヤバいっていう時まで、見てるだけで吐き気がするようなくだらない争いをして。そのせいでばあちゃんの最期は、幸せとはほど遠い看送りになっちゃって……最悪でしたよ」

「もしかして、それで楽園クロッシングに？」

「それはありますね。そもそも介護士になろうと思ったきっかけも、ばあちゃんですし」

「なんか『こうしたい』っていう、理想の介護ってあるんですか？」

「そうですね……介護する側とされる側の関係って、当たり前ですけど本物の家族にはなれないじゃないですか。でもできれば家族みたいな、しかも家族の『いい部分だけ』で介護ができれば、とは思ってます」

いつも持ち歩いている水筒を開け、夏陽はひとくち飲んだ。

「あ。永木さんも、なにか飲みます？」

「じゃあ、紅茶を」

夏陽は慣れた感じでキッチンに向かい、ティーポットにお湯を入れた。それから永木の好きなアールグレイのティーバッグとお気に入りのカップを、ベッドサイドに運んだ。

「わたしは家族、欲しかったですね。家庭を持つことに、すごく憧れました――」

お湯を入れたカップの中でティーバッグを揺らしながら、永木は一点を見つめている。

なんとか高校を卒業した永木はアルバイトではなく、母親の所属していた派遣会社を通じて働き始めた。両親の顔色をうかがって生きてきた永木にとって、派遣先での人間関係の構築は簡単だったという。相手が何を好み、何を嫌い、何を考えているかなど、数時間も話していれば見えてくるらしい。あとは適正な距離を保ちつつ、付かず離れずの位置をキープしながら、仕事でミスをしないようにする。社会経験ゼロの十八歳だったが、過去に培った『負の技術』を駆使して、派遣の仕事をなんとかこなすことができたのだ。

しかしそれで、母親の疾患がよくなるわけではない。むしろ永木が仕事に出ることで内服管理に目が行き届かなくなり、怠薬《たいやく》によって症状は不安定になった。ようやく社会に出て、自由に使えるお金ができたにもかかわらず、ヤングケアラーだった頃に逆戻りしたうえにワーキングプアにもなってしまう。

「それからの十年は、ただ生きているだけって感じでした。仕事が終われば感情の不安定な母親の面倒をみて、寝て、起きたら仕事に行く。休みの日も母親から目が離せませんし、何をするにも付き添わないと心配でしたし――」

そんな永木もようやく「家族になれる」と思える男性と巡り会い、二年前に結婚した。母親はその男性の勧めと援助でグループホームに入居させることになり、永木が「自分の家族を作る」未来は、まさにこれから始まるところだった。

しかしその後、無情にもスキルス胃がんが発覚する。

がんの化学療法は、時に妊孕性《にんようせい》＝妊娠できる生体機能を優先するか、自らの命を優先するか、残酷な選択を迫ってくる。つまり抗がん剤の治療によって子どもが産めなくなってもいいかと、無慈悲な意志決定を迫ってくるのだ。

「あの人、化学療法を受けようって、迷わず言ってくれたんですけどね……」

しかし入院治療と退院を繰り返しているうちに、夫は寄り添うどころか次第に疎遠になったという。やがて子どもがいないのをいいことに他に女を作り、楽園クロッシングに入居してからは一度も連絡を取っていないらしかった。

「なに、そいつ。ハラ立つ――」

思わず口をついて出た言葉に、夏陽は我に返った。

「――す、すいません。つい」

「いいんですよ、本当のことなので」

「いや、でも……ちょっと今のは、さすがに」

「夏陽さんにそう言ってもらえて、嬉しいです。わたしにも、やっと味方ができたような気がして」

永木は満足そうに、小さくうなずいた。

「それに、これでよかったんだと思います。親の『かすがい』になろうとする、わたしのような可哀想な子どもを、この世に残さなくて済みましたから」

夏陽の気持ちは複雑だった。

永木のことを知るほどに、認めたくない感情がわき上がる。

――永木を失いたくない。

それは心の距離が近づけば、決して避けては通れない感情だった。

＊

ゆるやかに続いていた、永木の体重減少が止まった。

それどころか、少しずつ増え始めた。

しかし喜んだ夏陽とは対照的に、保延の表情は暗かった。

考えてみれば、食事量が増えたわけでもないのに、体重が増えるのはおかしい――夏陽が理由のわからない不安を抱き始めた時、保延は永木に腹部超音波《エコー》検査をした。

「永木さん――」

検査の終わった永木の腹部から検査用のゼリーを丁寧に拭き取り、居室に運び込んだATMほどの大きさの超音波検査機器を隅に寄せ、保延は静かにベッドサイドに腰かけた。

「――腹水《ふくすい》の溜まりがひどくなっています。体重増加は、そのせいです」

「よくないこと、ですよね」

「簡単に言うと、お腹の中に散らばった癌細胞が炎症を起こし、そのせいで体のあちこちから水分や大事な成分が染み出してきている状態です。永木さんの腹水は以前からありましたが、ここまで顕著《けんちょ》ではなかったので、利尿剤の調整でなんとかできていました」

「最近お腹が張った感じがしてたのは、いっぱい食べたからじゃなかったんですね……」

「腹水にはアルブミンという大事なタンパク質や、免疫グロブリンなどが大量に染み出ています。いくらお腹の中も自分の体内とはいえ、血管や組織から染み出してしまえば使えなくなるので、栄養状態や免疫機能は低下します」

「なんだか……いよいよ、最期っぽいですね」

ため息と共に漏れ出た永木のつぶやきに、保延は答えなかった。

「これから毎日、腹部のエコー検査をさせてください。それから臨床工学技士《ME》を呼んで、腹水濾過濃縮再静注法《KM-CART》を施行したいと考えています。溜まった腹水を抜いて、きれいに洗浄してから、必要なものだけ永木さんの血液に戻すものです」

「それって、しんどい治療ですか？」

「やる側にはそれなりの技量が必要ですが、永木さんの苦痛は局所麻酔を我慢することぐらいです。最近ではこれを使って『腹水外来』を開設している病院もありますし、腹水を抜くだけであれば、在宅医療でも可能な手技です」

「お腹に、ずっと管をつけっぱなしにするんですか？」

「いえ。腹水を抜き終わればチューブも抜きますし、血液内に戻すのも点滴と同じです」

保延はタブレットを渡して、あらかじめ用意していた動画を永木に見せた。

「夏陽さんも、見ませんか？」

これからの介護にも必要になる知識であり、夏陽は遠慮なく永木に顔を寄せた。

これがネットで見つけてきた「おもしろ動画」や「永木の思い出旅行」なら、どれだけ幸せなことか——どうしても夏陽は、そう考えてしまう。

「腹水の溜まるスピードによっては、来週から始めたいと思っています。それまでにこの動画を観て、どうするか決めてもらえれば」

そう告げた保延は、夏陽を残して居室をあとにした。

楽園クロッシングでは、決して治療を強要しない。どこまでが延命治療で、どこまでを望むかは、十分なインフォームドコンセント——説明に対する納得と同意の上で、入居者が決める。その結果、大高は疼痛管理以外の延命処置を一切望まず、碧志の両親は大学病院に戻らず、家族三人で過ごすことを選んだのだ。

「この治療。夏陽さんは、どう思います？」

タブレットの動画を見たまま、永木は夏陽の意見を求めた。

「あ、あたしの意見ですか？」

「どうするかをひとりで決めるの、ちょっと恐くなっちゃって」

動画を観る限り、腹腔穿刺《ふくくうせんし》による腹水の排液は、刺す部位が「お腹」という怖さはあるものの、苦痛そうではなかった。保延の言っていた「局所麻酔」がこの段階で行われるらしいので、その後は痛みを感じることもないだろう。

刺した針も抜いてしまい、チューブを繋ぎ、ゆっくりと時間をかけて黄色い腹水を抜いていく。大きなパックに溜められた腹水は、筒状の濾過《ろか》フィルターを通すことで癌細胞や細菌などの有害な物質を取り除き、次の濃縮フィルターで余分な水分を抜き、必要なタンパク成分だけを点滴で血液に戻す仕組みだった。

「単語から想像したものよりは、恐ろしいシステムじゃないとは思いますけど……あたしより、永木さんはどう思います？」

「泥水を濾過して飲めるようにする、サバイバルキットみたいかな」

「なんです、それ。売ってるんですか？」

動画を見終わったタブレットで、永木は携帯浄水器を検索して夏陽に見せた。

「これです。似てません？」

「え……似てる。とくにこの、青い筒状のヤツとか」

「これの、すごく精密な医学機器って感じがしませんでした？」

「します、します。案外、恐くないかも――いや、待ってください。あれをやるの、永木さんですよ？　あたしが安心しても、意味ないじゃないですか」

本来、今は笑い合う場面ではないだろう。

しかし不思議とふたりの間では、これぐらいがちょうどよかったのも事実だった。

「やっぱり、いいなぁ。夏陽さんの、こういう感じ」

「……すみません。正直に言うと、緊張感に耐えられなくて」

しかし永木は、真顔で首を横に振った。

「夏陽さん。わたし、本当に夏陽さんが担当でよかったと思ってるんです」

「そう言ってもらえるのは、嬉しいんですけど……あたし、介護士として大して役に立てないじゃないですか。せいぜい入浴介助とか、移動の介助とかぐらいですし……おまけにデリカシーに欠けるっていうか、距離の取り方を間違えてるっていうか」

口元に笑みを浮かべて、不意に永木が振り返った。

「夏陽さん。紅茶、飲みません？」

「……でも、永木さん。そろそろ、疲れませんか？」

「ぜんぜん。わたしは、お砂糖多めでお願いします」

消化管の吸収能力と体力の低下が止まらず、口から摂れる食事の量は減る一方だ。そんな永木が自ら何かを摂取したいと「思うこと自体」が大切だと、保延から聞いていた。とくに低血糖を回避するため、ダンピング症候群が起こらない程度の糖分摂取は重要だとも。

「じゃあ、あたしはミルクもらっていいですか？」

口にしてから、すぐに夏陽は自分が情けなくなった。距離の取り方を間違えていると言った舌の根も乾かないうちに、もうこの有様なのだ。

「……やっぱり、こういうのはダメだと思うんですよ」

ティーカップのひとつを永木に渡し、夏陽はベッドサイドにイスを引いて座った。これならばちょうど、ベッドで背をもたれている永木と並んでいる感覚になれる。

「なにがです?」

紅茶に口をつけながら、永木は軽く眉間にしわを寄せた。

「だって。ミルクもらっていいですかって、あんた誰よって話じゃないです?」

「だから。そういうのが、いいんですって」

「ちょっと、そのあたり。今日は遠慮なく、本音でトークしてもらいたいんですけど」

「いいですよ?」

永木は、本当に嬉しそうだった。

「まず介護士が入居者に『何か飲む?』って聞かれることは、まぁ、前の職場でもあったことです。でもいくら紅茶飲まないかって誘われたからって『ミルクもらっていいですか』って返すのは、ダメだと思うんですよ」

「アリだと思います。そういうのは変えて欲しくないです」

「うーん……そうかなぁ」

永木は紅茶に鼻を寄せ、少し香りを楽しんでからゆっくりと答えた。

「わたしは癌の末期で、もうすぐ死にます」

あまりにも唐突すぎて、夏陽には返す言葉が見つからない。

「その事実は、もうどうやっても変わりません。だからって腫れ物に触るような作り笑顔を見せられたり、根拠もなく『大丈夫だよ』って言われたり、未来もないのに『がんばろうよ』って言われたり、逆に距離を取って疎遠になったり……そういうの、わたしずっと辛かったんです」

ティーカップの中で揺れる紅茶を、永木は眺め続けている。

おそらく「逆に距離を取って疎遠になった」というのは、一度も顔を出さない夫のことではないだろうか。

「でも、夏陽さんは違います。わたしが末期の癌でも、普通に接してくれるじゃないですか。癌のことも、末期だということも、治療のことも、ウイッグのことも、わたしのできることもできないことも、食べられるものも食べられないものも――ぜんぶ知った上で『ミルクもらっていいですか』って言う人なんですよ？　それがどれだけ嬉しいことか、わかってもらえます？」

親兄弟、友だち、恋人、夫――たしかに彼らが、永木の状態をすべて知った上で、普通に接することは難しいかもしれない。日常を生きる人々にとって、死は決して身近なものではなく、あまりにも非日常的なのだ。

「ありがとうございます……永木さんの気持ち、よくわかりました」

ふたりは同じタイミングで、紅茶に口をつけた。

ぬるくなった紅茶が、夏陽の渇いた喉に染みていく。

「それに、安心してます。夏陽さんの理想の介護が何なのか、聞けましたから」

そこでようやく、夏陽は自分の言葉を思い出した。


――家族みたいな、しかも家族の『いい部分だけ』で介護ができれば。

永木は常に家族に憧れながら、家族を手に入れることができなかった。

だから、これでいいと言うのだ。

「じゃあ、そんな永木さんに、次の質問です」

「え……まだ、あるんですか？」

「ありますよ、大ありです。っていうか、こっちの方が知りたいです」

紅茶を飲み干し、夏陽はティーカップをローテーブルに置いた。

「永木さん。楽園クロッシング《ここ》に入居してるのに、なぜか『最期の願い』をみんなに知らせてないですよね？」

「あ、それは……」

「保延先生も瀬川先生も知らないし、オーナーは知ってるクセに、ぜったい言わないんです。せめて、あたしには教えてくださいよ」

しばらく考えてから、珍しく永木はティーカップの紅茶をぜんぶ飲んだ。

「じゃあ、こうしませんか」

「いいでしょう」

「まだ、何も言ってないですって」

「あ……すいません」

永木は、少しむせながら笑った。

「もう、そういうところですよね」

「で。どうやったら、教えてもらえるんですか？」

「わたしの得意なトランプで、勝負しましょうよ」

永木はサイドテーブルの引き出しから、トランプを取り出した。

「トランプが得意だって、今日初めて知ったんですけど」

「内緒にしてました。ちょっとなら、占いとかもできますよ？」

「いいですね。占いで勝負しましょう」

「……どうやって勝負するんですか」

「どっちの運勢がいいか、とか」

「そんなの、ダメですよ。ポーカーとかブラックジャックとか、知ってます？」

お構いなしにカードをさばく永木の手つきは、弱々しいが慣れたものだった。

「いやぁ、カジノとか行ったことないですし」

「別に、カジノじゃなくても……あとはスピードとか神経衰弱とか、どうです？」

「神経衰弱って、本気で神経が衰弱するんですよね」

「なんですか、それ」

「あっ、永木さん。間食の時間です。あたし、取りに行って来ます」

「じゃあ、準備して待ってますね」

「あたしも土谷さんに、なんかおやつ作ってもらえないかな」

この日を境に、夏陽が永木の居室で過ごす時間は増えた。

同時に、永木の笑顔も増えた。

しかし、食欲と体力の低下が止まることは決してなかった。

*

永木の腹水は溜まる一方だった。

幸いなことに濾過できない性質の腹水ではなかったため、溜まれば抜き、除去と洗浄をして、必要なタンパク質を濃縮して点滴で戻す——今日ですでに二回目だったが、これを繰り返していれば永木の体調はプラスマイナス・ゼロで維持できるのではないかと、夏陽は心のどこかで願った。

しかし、癌の腹膜播種はそれほど甘くない。腹の中に飛び散ったがん細胞をすべて殺さない限り終わりはないが、それが不可能なのだ。その間にも永木の消化管の吸収能力と体力の低下は止まらず、ついに土谷の作る食事を口から摂れなくなってしまった。

「永木さん……」

夏陽は思わず、ベッドに横たわる永木の髪を手で整えた。

洗浄後の腹水を時間をかけて点滴で戻されている永木は、明らかに衰弱している。体重は増減を繰り返しているが、体調の指標にはならない。その証拠に、トイレ移動の際に抱きかかえる永木の体は、日に日に蒸発しているのではないかと思うほど軽く感じる。なによりも腹水の処置をして数日もすれば、下腹部が妊娠後期と見間違うほど大きくなっていく様に、夏陽は背筋が冷たくなった。

永木に残された時間は、それほど多くない。

それどころか、あとわずかしかないのだ。

「夏陽さん、ごめんね。今日も、トランプできそうになくて」

「そろそろ、トランプ以外で勝負しませんか？　あたし、どうやっても永木さんに勝てないんですけど」

洗浄濃縮をした腹水を点滴で戻す際に副反応が出ないか、夏陽はベッドサイドに付き添った。食べられなくなったとはいえ、必ず日に六回は配膳にも来ている。たとえ食べられなくても、土谷が味付けした経腸栄養剤だけは飲めないか試して、少しでも飲めたらダンピング症候群が出ないかと居室に残る。ベッドからの移動も辛くなったため、トイレまでの移動にも介助が必要となった。少しでも体調のいい日は気分転換にベッドから離れて欲しいので、洗面台でウイッグを整えたり、口腔内洗浄をしたりするために介助している。

「だって夏陽さん、手の内が見え見えなんだもん」

「だから、びっくりするぐらいヘタなんですって。これじゃあ、いつまでたっても『最期の願い』を教えてもらえないことになるんですけど」

そこで夏陽は岸原に申し出て、空いている永木の隣のコテージに寝泊まりする許可を取った。つまり寝ている時間以外のほとんどを、永木の居室で過ごすようになり、夏陽は本当の意味で専属介護士になったのだ。

「じゃあ、わたし……まだ、死ねないなぁ」

口元に笑みを浮かべる永木を、夏陽は直視できなかった。

永木は平然と「死」を口にする。

「それを言うの……ズルくないですか？　だったらあたし、ずっと勝っちゃダメってことになりますけど」

死を受容する過程には、五段階ある。

第一段階・否認――激しいショックで自分のことだと認められず、強い孤立感を抱く。
第二段階・怒り――なぜ自分だけがと怒り、嘆き、憤る。
第三段階・取引――何でもする、金でも魂でも何でも売るから、生かしてくれと願う。
第四段階・抑うつ――悲嘆と喪失感で、生きていても仕方ないと打ちひしがれる。
第五段階・受容――自らの置かれた状況を理解し、避けられない死を受け入れる。

つまり永木は死を受け入れているのに、介護する夏陽の方が受容できていない。それはすでに、永木がただの担当入居者ではなくなっていることを意味していた。

「あ、そろそろ点滴が終わりますよ。先生、呼びましょう」
「でも……ちょうど、ごはん食べてる時間じゃないですか？」

夏陽は気にもせずスマホを鳴らし、保延に連絡した。その後はいつものように、CVポートが埋め込まれた永木の鎖骨部分に、発赤などの異常がないかを確認する。

「保延先生、ごはん中じゃなかったです？」

「大丈夫ですよ。終わったらすぐ呼べって言われてますから。それより、知ってます？　保延先生が、毎日何を食べてるか」

「社食のごはんか、デリバリーじゃないんですか？」

「いやいや。それが毎日、決まったものしか食べないんですよ。だから土谷さんも、先生にだけ特別メニューを用意してるんです」

「好き嫌いが多いんですかね」

「うーん……あれは、変なこだわりじゃないかな。朝は魚の缶詰とごはんか、親子丼。あとは、ワカメのみそ汁って決まってるんです」

「……缶詰って、土谷さんが作ってくださるものじゃなくて？」

「スーパーで売ってる一番安いヤツが好きだからって、わざわざ自分で買ってくるんですよ。ちなみに親子丼っていうのも、スーパーで売ってるレトルトなんです。あ、もちろんメーカーも決まってますよ。少なくともあたしが来てから、朝食にその二種類以外を食べてるのは見たことないです」

「まさか、お昼と晩ごはんも？」

「昼は絶対、ハンバーガーとコールスロー。ドリンクはカフェラテのホットです」

「それも、買ってくるんですか？」

「これが贅沢にも、保延先生だけの特別メニューなんですよ。なんか、ひどいワガママっ子って感じがしません？」

「いいんですか、そんなこと言って」

永木はゆっくりと体を起こし、ベッドに背をもたれた。

気のせいか、顔色も少しよくなったように見える。

「ちなみに、夜は」

「待ってください。わたし、当ててみますね」

「難しいですよ。これ当てたら、わりとすごいんじゃないかなぁ」

「えー。じゃあ、なにかヒントください」

そんな話をしていると、保延が処置カートを押しながら点滴を外しに居室へ入って来た。

永木がすぐにベッドから動ける状態ではなくなったため、内鍵の設定は解除している。

「失礼します。楽しそうですね、何の話を？」

「ごはんの話をしていました」

視線を逸らす夏陽を見て、永木はくすくすと笑いながら答えた。

「いいことじゃないですか。なにか、食べたいものでもあります？　土谷さんに、お願いしてみますよ？」

「そうですね……ちょっとだけ、ハンバーガーが食べたくなりました」

今度は夏陽が、笑いを我慢できなかった。

「稲さんも、ずいぶん楽しそうだな」

手際よくCVポートから点滴を抜き、保延は丁寧に消毒を終わらせた。夏陽と同様、炎症を起こしていないか入念に確認している。

「じゃあ、稲さん。永木さんが食べられるようなハンバーガーが作れないか、土谷さんに聞いておいてもらえるかな。あの人なら、どうにかして作れるような気がするし」

「わ――かりました」

なぜふたりが笑いをこらえているのか、保延にはわからないようだった。しかし気にすることもなく、むしろふたりの様子を見て満足そうだ。

「これでまたしばらく、腹水は抜かなくて済むと思います。でも念のため、腹部エコーは毎日やらせてもらっていいですか？」

「はい、お願いします」

「お疲れさまでした。何か変わったことがあったら、遠慮せずにすぐ呼んでくださいね」

外した点滴のセットと処置済みの医療廃棄物をカートに載せ、背を向けた保延のあとを夏陽は慌てて追った。

「あっ、先生。待ってください。あたしも、リネンを運んで戻りますんで」

なぜ一緒に戻る必要があるのかと、保延の顔に書いてあった。

しかし夏陽には、どうしても保延に言いたいことがあったのだ。

「じゃあ、永木さん。また、間食の時間に来ますね」

にこやかにベッドから手を振る永木をあとに、夏陽はリネンを入れたカートを押しながら、保延に続いて居室を出た。

その瞬間、夏陽から笑顔が消えた。

「どうしたの。なにか、永木さんに問題が？」

「歩きながらで、いいですか？」

振り返って居室のドアが確実に閉まっていることを確認してから、夏陽は保延と並んでカートを押した。しかし言いたいことが、うまく言葉にならない。

「なに？　疲れた？」

「そういうことじゃありませんよ」

食ってかかるような口調も、保延は気にしていないようだった。

「先生は、どうなんです？　永木さんを見ていて」

「どう……というのは？」

「つらくないか、ってことです」

「稲さんほどでは、ないかもしれない」

しばらく無言のまま、夏陽と保延はカートを押して歩いた。

少なくとも、保延から夏陽にかける言葉はないようだ。

「なんとか、なりませんか」

「腹水？」

夏陽の中で、何かを繋いでいた糸がぷつんと切れた。

「違いますよ、永木さんの治療に決まってるじゃないですか。食事も食べられなくなって、土谷さんの味付けしてくれた経腸栄養剤を少し飲むのが精一杯。あとは、ＣＶポートからの点滴だけですよ？　なのに溜まった腹水を抜くのも、今日で二回目。体重は減ったり増えたりしますけど、頬はこけちゃってるし、体もガリガリ。触れるところ全部、骨かと思うぐらいなんですよ？」

「悪液質だからな」

「もう体を起こしてトランプをするのも、つらくなってるんですよ？」

「だから、永木さんとたくさん話をしてくれる稲さんには、すごく感謝している」

「そうじゃなくて――」

そんなことが聞きたいのではない。

押していたリネンのカートを停めて、夏陽は振り向いた。

「――本当に永木さんには、もう何もしてあげられることがないんですか」

「腹水濾過濃縮再静注法《KM-CART》は、できる限り繰り返し」

「そうじゃなくて！」

「稲さん。永木さんは、延命治療を望んでいない」

すがるような夏陽に、保延は静かに諭した。

それでも、夏陽は悔しかったのだ。

「……知ってますよ。そうじゃなくて、治療法はないんですかってことですよ。オーナーのお金とコネがあれば、何とかなるんじゃないんですかってことです」

「治療の選択肢があれば、楽園《こ》クロッシ《こ》ングには入居していない」

無情な事実を告げる保延に、夏陽は唇を嚙んだ。

ここは、看送りの楽園。この世から消えて亡くなる人たちが、消えない思い出を残せる場所。それを一緒に作らないかと岸原に誘われて、夏陽は入職したのだ。

明らかに夏陽は今、それに矛盾したことを懇願している。

――永木さんの最期なんて看たくない。

「だってあたし、まだ永木さんから最期の願いを教えてもらってないんですよ？　そんなのワケわかんないですよ、おかしいですって。ですよね？　だからせめてそれを聞き出すまで、なんとかしてくださいよ。先生なら、何かできるんじゃないですか？　瀬川先生とオーナーと三人なら、なんでもできるんじゃないんですか？」

まっすぐ夏陽を見たまま、保延は小さくため息をついた。

「俺も昔、そう思った時期があった」

るはずだ――」

「岸原先生が永木さんの『最期の願い』を誰にも言わないのは、必ずそれなりの理由があるはずだ――」

保延は夏陽に背を向けて、再びカートを押して歩き始めた。

「――きっとそれは、稲さんにしかできないことなんだと思う」

永木を看送らなければならない時は、刻一刻と迫っている。

しかし夏陽には、失われていく永木の命に寄り添うことしかできないのだった。

＊

それは、真夏日のことだった。

ここが那須高原とはいえ、異常気象かと思うほど暑い日も増えてきた。

施設内の空調は快適だが、配膳やリネンの交換のため、カートを押しながら屋外の廊下を通り、永木の居室と管理棟を行き来しなければならない。もちろんトイレなどの介助も頻繁にあったが、夏陽は永木の隣に引っ越したので、むっとする熱気を浴びるのはわずかな時間だけ。しかし聞こえてくるセミの声も手伝って、それだけで夏バテを感じる時もあるほどだった。

保延から教えてもらった通り、イオン飲料水、アイス、塩タブレットなど、ここへ入職するまでとは比べものにならないほど口にした。今も配膳カートを押しながら、ベルトに引っかけて持ち運んでいる水筒を取り出して、またひとくち経口補水液を飲んでいる。

「夏、早く終わらないかな……」

首に巻いたタオルで汗を拭き終わる頃、ようやく永木の居室に辿り着いた。

「永木さーん。お昼ごはんですよー」

外鍵だけで玄関から入れるとはいえ、病室のようにドアを勝手に開けることはない。スタッフの誰もが必ずインターホンを鳴らし、永木の返事を待つことにしている。

だが、しばらく待っても返事がない。

夏陽は二度目を鳴らすことなく、慌てて玄関の鍵を開けた。

「永木さん⁉」

もしかすると、トイレかもしれない——そんな考えは、一瞬で頭から消し飛ぶ。

今の永木には、ひとりでトイレに立てる体力がないのだ。

「永木さんっ！」

「……あ、夏陽さん」

ぼんやりしていたが、珍しくベッドの背もたれを起こして、永木は窓の外を眺めていた。

最近は気力も体力も落ちてきたせいか、夏陽が居室にいても、話す時間より寝ている時間が確実に増えていた。末期のがん患者としては当然の光景であり、前の介護施設を思い出してみれば、むしろ十年も見続けてきたものだ。それなのに今は、心のやわらかい場所を、ザラついた手で握られるような気分になる。

だから背もたれを起こしてくれているだけで、夏陽は嬉しくなるのだ。

「はぁ――よかった」

「あれ？　インターホン？」

「鳴らしましたけど……もう、びっくりさせないでくださいよ」

「ごめんなさい。気づかなかったみたい」

「あたしこそ、慌てちゃって。何かあったらスマホのアラームが鳴るようになってるの、つい忘れちゃうんですよね」

永木の心拍数、酸素飽和度、心電図や体動などの生体反応《バイタルサイン》は、ウェアラブル端末と見守りカメラの画像解析で、常に管理されている。もしも異常が出れば、スタッフ全員のスマホに大音量のアラームで強制的に通知されるシステムになっている。電源を切らない限り、どんな設定をしていても無視して鳴るのだ。

「それって、びっくりしないですか？」

「どうなんですかね。鳴ったことないんで」

ほっとひと息ついて玄関先から配膳カートを運び込みながら、夏陽は今さらおかしなことに気づいた。

碧志の時は、そのアラームを鳴らさなかった。

時刻が夕方ということもあり、スタッフ全員が管理棟に集まっていた。モニターしていた碧志の心拍数が少しずつ減り始め、心電図の波形が弱まってくると、保延がアラームを切ったのだ。そして消音《ミュート》にした居室のモニター越しに、両親が碧志との最期のお別れをすべて受け入れるまで、ずっと静かに見守ったのを覚えている。

しかし大高の時、なぜアラームは鳴らなかったのか。

街まで小包を出しに行き、戻って来た時にはすでに大高は亡くなっていた。途中で夏陽のスマホが鳴っても、おかしくない。つまり、あの時も——。

「夏陽さん？」

「……あ、すいません」

「例の、夏バテですか？」

「夏、ホントに弱いんですよね。夏陽っていう、名前のせいかも」

セットしたベッドテーブルに昼食のトレーを置いたものの、永木は見つめるだけでスプーンを手に取ろうとしなかった。

「永木さんも、夏バテなんじゃないですか？」

もちろん、そうではないことをお互いに知っている。永木に気を遣ったというより、夏陽自身がそういうことにしておきたかった。なにより今日は会話に生気があり、よく話してくれるのだ。まずはそのことを喜ぶべきだと、夏陽は気持ちを切り替えた。

「今日も、永木さんの好きな物ばかりですよ」

「土谷さんには、ずっと好きな物ばかり作ってもらってるのに……」

決まって永木は毎食、申し訳なさそうな顔をする。

それをなんとかできないものかと、夏陽は土谷に相談していた。

「まぁ、まぁ。今日は、とっておきの隠し球があるんです」

夏陽は配膳カートの奥から、レジャー用の保冷庫ケースを取り出した。

「なにが入ってるんです？」

「じゃーん。これです！」

取り出したのは、冷え切ったガラスの器と大きな氷の塊だ。

「え……まさか」

配膳カートの下の段には、手回しのかき氷器が入れてある。

食事が摂れなくてもいい。ただ、季節だけでも感じて欲しかったのだ。

「夏といえば、かき氷じゃないですか。だから今日は、稲&土谷プロデュースの『楽園かき氷』を作りたいと思いまして」

かき氷器をローテーブルに置き、氷と冷えた器をセットした夏陽は、あたりに氷をまき散らしながら、慣れない手つきで削り始めた。

「すごい。氷が、ふわふわですね」

「わりといいヤツ、オーナーに買ってもらったんですよ」

削っては優しく皿に盛り、わた雪のような氷は次第にそれらしい山になっていく。

「お客さん。味は、何にします？」

「選べるんですか？」

夏陽は、配膳カートの奥を覗いた。

「イチゴ、レモン、オレンジ、メロン、ブルーハワイ……あと、練乳もありますよ」

「じゃあ……ブルーハワイと練乳で」

永木が久しぶりに、満面の笑みを浮かべた。

夏陽は、これが見たかった。そのために土谷と相談しながら、毎日かき氷を作っては味見をしていたのだから。

「はい、お嬢さん。ブルーハワイの練乳ね」

青く涼しげなそのひと皿は、どこから見ても夏を思わせる、立派なかき氷だった。

「夏陽さん。海の家とかでバイトしたこと、あるんですか？」

「ないですよ。夏、苦手なのに」

永木がスプーンを手に、かき氷を口に運んでくれたことだけで、夏陽は嬉しかった。いくら高カロリー輸液を毎日していても、点滴だけで維持できる限界は、とうの昔に超えている。かき氷のカロリーなどたかがしれているとはいえ、ゼロよりはましだと、保延の許可も取ってあった。

「おいしい。ふわふわだから、口の中ですぐ溶けちゃう」

「よし！　ヨシ！」

珍しくすぐにスプーンをかき氷に運ぶ姿に、夏陽は思わず拳を握った。

「これ、ホントにおいしいですよ。なんだか、お祭り気分になれそう」

「永木さん、何か気づきませんか？」

ふたくち目を口に入れながら、永木は首をかしげた。

「その練乳、土谷さんが経腸栄養剤で作ったんですけど」

「えっ？」

「ちなみに氷にも、経腸栄養剤が混ぜてあります」

「……ぜんぜん、そんな味しないですけど」

「やった！　あたしの勝ちですね！」

真剣に喜ぶ夏陽に、永木は苦笑いを浮かべる。

「誰と勝負してたんですか」

「永木さんとですよ」

「そんな約束、してましたっけ」

「や、言ってませんけど……トランプだと、いつまでも勝てないじゃないですか」

永木はかき氷の山の上の方を削ったところで、スプーンを止めた。どのみち体が冷えるので、夏陽もそろそろ止めようと思っていた矢先だった。

「仕方ないなぁ。じゃあ、そろそろ別のもので勝負しますか？」

「えっ！　体調、大丈夫なんですか⁉」

「なんだか、今日は気分がいいので……あれにしません？　岸原先生の『沈没大作戦』」

「いいですね！　あれなら、あたしにもチャンスありますよ！」

あの頃はエントランスルームのテーブルで、大きな窓からの日射しを浴びながら、永木とよく遊んだものだ。それが、たった二か月で――夏陽は、それ以上考えるのを止めた。

今は楽しい時間を、少しでも長く過ごしたい。それが永木のためなのか、自分のためなのか、すでに夏陽自身にもわからなくなっている。

急いでかき氷のセットを配膳カートに仕舞ってベッドテーブルの上を拭くと、夏陽は居室の収納スペースから「沈没大作戦」の箱を取り出してきた。

「……それ、返してなかったんですか？」

「こんなこともあろうかと」

「そんな、得意そうな顔をしなくても」

今日は本当に永木の笑顔をよく見られる日で、つい夏陽まで浮かれてしまう。永木が姿勢を無理しなくて済むよう、電動ベッドの背もたれの角度とベッドテーブルの位置を調整して、昔懐かしい感じの漂うオモチャ「沈没大作戦」をセットした。トランプ勝負ではないのでイスをベッドサイドに寄せて、永木と肩を並べるように夏陽は座った。

「永木さん。今日は、何色の玉にします？」

「ブルーハワイ食べたから、青にしようかな」

「じゃあ、あたしは赤で」

「いつも赤ですよね。好きな色なんですか？」

「知らないんですか？　だいたいロボット系アニメだと、赤い機体は強いんですよ？」

そんなどうでもいい話が、夏陽には楽しかった。厳密には「永木と話せること」が楽しかった。もしもゲームに疲れたら、このまま話をするだけでもいい。今日は永木にも、話し疲れて眠るぐらいであって欲しいと、夏陽は願った。いつものように気力と体力がなくなったから寝るしかないという姿を、もしかすると今日は見なくて済むかもしれない。

「じゃーん、けーん、ほい」

触れれば折れそうな永木の手を気にしないようにしながら、四色に塗り分けられた立体円盤のレーンを、夏陽は永木と順番に回した。

ここは居室で、永木はベッドの上。

しかし気分だけは、日射しの差し込む二か月前のエントランスに戻っていた。

「そこのレーン、動かしていいんですか？」

「ん……？　あっ、永木さんの玉が先に落ちるのか！」

「貸し『1』ですね。これで夏陽さんのリーチは、なくなりました」

「え、じゃあ……次に、あそこを回せば」

「はい、ゴール。まずは、わたしが一勝です」

一ゲーム程度で疲れるかと思っていたが、珍しく永木は二ゲーム目を自らセットした。

相変わらず夏陽の勝つ確率は低かったが、それでよかった。わざと負けてもいいとすら考えていた。

そうすれば、永木の最期の願いを聞かずに済む。

そうすれば、永木は死なないのではないか。

そんなことを考えながらも、楽しい時間だけが過ぎていった。

「夏陽さん。もしかして、わざと負けてません？」

「できればそうしたいんですけど……わりと真剣に負けてるのが、悔しいというか」

「三戦して二勝したら勝ちっていうルール、変えます？」

「でも一発勝負にしたら、なんか不公平ですよね。あたしが勝ったら終わりになるし」

「さすがに、疲れてきちゃったな」

「……ですよね。ごめんなさい」

我を忘れて楽しんでいた自分が、夏陽は恥ずかしくなった。

そんな夏陽の手を、永木の痩せ細った手が握った。

「もう、夏陽さん。そんな悲しい顔しないでよ。また明日、やればいいじゃないですか」

握られた細い手から伝わる温もりが、抑え込んでいた夏陽の感情を優しくなでる。

「……夏陽さん？」

「すいません、あたし……すいません、ホント……どうしちゃったんだろう」

「なんで、夏陽さんが泣くんですか」

夏陽は、永木の手を握り返した。

明日はどうなるかわからない永木に、明日の保証をされた夏陽が励まされている。

泣きたいのは、永木だ。夏陽は泣こうと思えばいつでも泣けるが、永木はこれから先、泣きたくても泣けなくなる日が来るのだから。

「本人の前で泣くなんて……介護士として、最悪です」

「そんなことないです。わたしは、すごく嬉しいです」

窓からの日射しを背に、永木が満面の笑みを浮かべた。

「だって、考えてみてくださいよ。わたしのために本当に泣いてくれる人、今まで誰もいなかったんですから――」

夏陽は耐えきれず、黙って永木の肩を抱き寄せた。

「――癌の末期でも、子どもができなくても、ウイッグで脱毛を隠していても、食べられなくなって、痩せ細って歩けなくなって、ベッドから出られなくなって、あとどれだけ生きられるかわからなくても、夏陽さんはいつでも側にいてくれる。いつでも同じように接してくれる。そして、わたしのために泣いてくれる。こんなに嬉しいことはないです」

夏陽は唇を噛み、肩をふるわせながら涙をこらえようとした。

だが、無理だった。

「じゃあ、もう……あたし、我慢するの……やめます」

夏陽は、感情を殺すのを止めた。

介護士でもなく、楽園クロッシングのスタッフでもなく、稲夏陽として泣いた。

死なないで欲しいと懇願した。

そしてすべてを吐き出した時、握り潰されそうだった胸の内側がゆっくりと解放された。

「……すいませんでした。もう、大丈夫です」

「よかった」

「本当にごめんなさい。疲れさせちゃいましたよね。いま、片付けますから――」

永木は、握った手を放さなかった。

「夏陽さん、忘れてません？　ゲームに負けた、罰ゲーム」

「この状況で忘れてないの、ある意味すごいですよね」

「あ。なかったことにする気ですか?」

「いえいえ。なんなりと、お申し付けください。お嬢様」

一度は腰を上げた夏陽だが、ベッドサイドのイスに座り直した。

「そうだなぁ……わたしが寝るまで、手を握っててもらおうかな」

「そんなことでいいんですか?」

「ダメですか?」

夏陽は永木の存在を確かめるように、その手を強く握り返した。

「ぜんぜん。ただ、あたしも寝ちゃいそうで恐いんですけど」

「いいじゃないですか。それも仕事、ということで」

永木は夏陽のそばに寄ると、電動ベッドの背もたれを倒し、リクライニングの姿勢になって目を閉じた。

「永木さん。一応、アラームをセットしますよ?」

「慎重ですね」

「万が一、あたしが寝ちゃった時のためです。間食の時間には起こしますからね」

「はーい」

永木の横顔は、とても穏やかだった。

それを見て、安心したせいかもしれない。

いつしか永木の手を握ったまま頭を寄せ合い、夏陽も眠りに落ちてしまった。

＊

居室の玄関が開く音で、夏陽は目を覚ました。

慌ててスマホを見ると、間食配膳のアラームが鳴る十分前だ。

「やばっ。あたし、ホントに寝るとか──」

振り返ると、入って来たのは保延と岸原だった。

「あっ、先生。すいません、あたし……」

回診や処置のため、保延が永木の居室に来るのはわかる。しかしその後について岸原まで入ってきたことが、夏陽の心臓を捻り上げた。

「……オーナー、どうしたんですか？　オモチャ、借りっぱなしはマズかったですかね」

無言のままベッドサイドにまっすぐ来た保延に慌てて、夏陽はイスから立ち上がった。

そこでようやく、握っていた永木の手に違和感があることに気づいた。

そして、この状況でも眠り続けていることにも。

「……えっ？　永木さん？」

夏陽には目もくれず、保延は永木の首に軽く手を当てた。

「保延……先生?」

聴診器を取り出し、永木の胸元に当てる。

その光景には覚えがあった。身動きひとつしなくなった入居者のベッドサイドに立つ、無表情な医師。首や手首で確認しているのは脈拍、聴診器で確認しているのは呼吸。

夏陽の背筋を、悪寒が這いずり回る。

「せ、先生——うそっ、永木さん⁉　待って、うそでしょ!」

駆け寄ろうとした夏陽を、岸原が抱きかかえて止めた。

「放してください!　はやく心肺蘇生しなきゃ!　時間との勝負なんですよ⁉」

「なっちゃん」

保延は優しく永木のまぶたを開き、ペンライトを当てている。

「先生、なにやってんですか!　あたし、自動体外式除細動器《AED》を取ってきます!　場所は知ってますから!　オーナー、放してください!」

「なっちゃん!　落ち着きなさい、なっちゃん!」

「あり得ないって!　さっきまで、あたしと——先生、こんなのあり得ないですって!」

保延は居室のテレビをつけ、チャンネルを切り替えた。それが永木につけられた生体反《バイタルサ》応《イン》のモニターにもなることを、夏陽は知っている。

「だから、あり得ないんですって……」

心拍数は０／ｂｐｍを表示したまま、ぴくりとも動かない。

心電図は平坦《フラット》で、さざ波ひとつ立っていなかった。


「八月二日、午後一時二十四分。永木理央さんの永眠を確認しました」


腕時計を見てから、保延は淡々と告げた。

夏陽の体から力が抜け、岸原に抱えられながら床に崩れ落ちる。

「なっちゃん、大丈夫？」

夏陽の中で整理がつかない。

ついさっきまで、一緒にかき氷を食べて、笑って、ゲームをして、話して、疲れたから寝ただけだ。そこへいきなり保延と岸原が入って来て「死亡確認」をするなど、きっと何かがどこかで間違っているに違いない。

「そ、そうだ……アラーム。オーナー、スマホに送られてくる、バイタルサインのアラームが鳴りませんでしたよ。だからこれは」

岸原は夏陽の両肩をがっしり摑み、真正面からはっきりと告げた。

「私が切りました」

「い、いやいや……さっきまで、元気だったのに……切る必要、ないじゃないですか」

「今日はお昼過ぎから、危険な徴候が出始めていました」

「……や、なに言ってるんですか。最近では、一番元気だったんですって」

夏陽の視線は定まらず、意味もなく周囲を見渡した。

「ふたりが遊び終わったあたりから、すでに永木さんの心拍は――だからその時点で、私がアラームを切りました」

その瞬間、夏陽の中で何かが音を立てて切れた。

「はぁ？　それって、永木さんが死にそうなのに……まだ生きてたのに、黙って見てたってことですか！」

岸原は口を結んだまま、険しい顔でうなずいた。

「強心剤《きょうしんざい》とか、何か注射があるんじゃないですか⁉　居室にマイクも繋がってるのに、あたしに何も知らせなかったんですか⁉　それ、医者のやることですか！　やっていいことなんですか！」

黙って夏陽をまっすぐ見続けるだけの岸原に代わり、ようやく保延が口を開いた。

「碧志くんの時と同じだ」

「違います！　碧志くんには、ご両親がいましたから！」

「いや、同じだ」

　夏陽には、意味がわからなかった。

「先生は知らないんですか？　永木さんはね、家族に見守られたことなんて、一度もないんですよ。そういう大切な話が、ようやくできたばかりだったんですよ！」

「稲さんなら、ＡＣＰという言葉を知っているだろう？」

「知ってます。アドバンス《Ａ》・ケア《Ｃ》・プランニング《Ｐ》――最期までその人らしく生きるためには、どうすればいいか――ついでに『人生の最終段階における医療・ケアの決定プロセスに関するガイドライン』も、前の施設で飽きるほど聞きました」

「ここに入居する者は全員、必ず、何度でも、納得するまで話し合う。もちろん、永木さんも例外ではない。これは永木さんと俺たちがずっと話し合って決めた、ＡＣＰで間違いない。だから、これでいいんだ」

「あたしが入ってませんね！　部外者扱いですか！　永木さんの担当介護士なのに！」

　なだめるように、岸原がそれを否定した。

「いいえ、なっちゃん。あなたは永木さんの看送りにとって、一番重要な」

「なに言ってんですか！　まだあたし、永木さんの『最期の願い』を聞いてなかったんですよ？　明日また、勝負しようって……さっき、そう約束して……」

　怒りがすべて弾け飛ぶと、あとに残ったのは真っ黒な虚無感《きょむかん》だけだった。

「なっちゃん、よく聞いて。永木さんはね」

「……もう、いいです。みんな、出て行ってもらえませんか」

夏陽は岸原の腕を振り払い、立ち上がった。

「あたしは、永木さんの担当介護士です。最期まで永木さんの面倒を見るのは、あたしなんです……永木さんのために泣いてあげられるのは、あたしだけなんですから」

夏陽はベッドサイドで、静かに眠り続ける永木の頬をなでた。

前髪を、そっと整えた。

そして、抱きしめた。

永木はもういない。

ここにいるのは、かつて永木だった、二度と目を覚まさない抜け殻。

なりふり構わず、夏陽は泣き続けた。

そして夜が明けるまで寄り添い、ここを去る永木の身支度をひとりで整えたのだった。

第五話　カンファランス

夏陽が初めて「人の死」を経験したのは、二十歳の時だった。

大好きだった祖母を看送ったのが、この道の始まりだ。

あれから月日は流れ、介護士になって十年がすぎた。

他の仕事を選んだ人たちに比べれば、死はそれほど特別なものではなくなった。どんな人の日常にも潜んでいる、生の延長線上には必ず存在する、どうしても避けられないものだと理解していたつもりだった。

しかしそれがどれだけ「他人事」だったか、夏陽は思い知らされた。

永木の顔が頭から消えない。

夜明けと共に硬く冷たくなっていく手触りが、今も鮮明に残っている。

夏陽はカンファランスルームのイスに座り、両手を思いきり握りしめた。

「……永木さん」

永木が息を引き取って、三日後。ようやく棺を引き取りに来たのは、母方の叔父だった。

永木の母親が疾患を患った時も、永木がヤングケアラーだった時も、永木自身が癌になってからも、一度も連絡を入れたことのない疎遠の親戚だ。

夏陽は、その種の親族に慣れていたはずだった。

自分自身の人生だけで精一杯なところへ、不意に降りかかった親族の不幸。誰も面倒を見る者がいないからと、巡り巡って自分のところへ連絡が来たことに苛立ちさえ覚え、血の繋がりを呪う言葉をこぼす——なんでオレが、顔も知らないこんなヤツのためにと。

その感情に対して、今まで夏陽はむしろ同情的だった。

葬儀社を手配し、棺を搬送し、疎遠な親戚一同に連絡を入れ、通夜、葬儀、火葬を執り行い、どこの墓に入れるのかで一悶着《ひともんちゃく》あり、そもそも墓の管理を誰がしているのかわからない時さえある。それに葬式には、思いのほか金がかかる。前の職場で多くを看送った経験からすれば、それらが喪主の日常へ矢継ぎ早に降り注いでくることを考えると、仕方のない感情の吐露《とろ》だと割り切っていた。

しかし、今度ばかりは違った。

怒りを抑えられず、夏陽は衝動的に永木の叔父の前に出ようとした。永木の苦痛も苦労も何も知らない、知ろうともしなかった、これまで一度も手を差し伸べなかった人間に、永木を「こんなヤツ」と呼ばれたことが許せなかったのだ。

しかしその進路を、朔の背中が遮った。そのうえ保延に腕を摑まれ「そんなことを永木さんは望まないだろう」とたしなめられてしまう。

「……望みたくても望めないんだよ。永木さんはもう、この世にいないんだから」

永木の棺を見送ってから、夏陽の頭の中からさまざまなものがこぼれ落ちた。唯一、居座り続けているのは後悔だけだ。

楽園ク《こ》ロッシン《こ》グは、この世から消えて亡くなる人たちが、消えない思い出を残せる場所だったはず。最期の願いを叶えるためには、どんな手段も選ばない特別な施設だったはず。自分は、その手伝いをするために入職したはず。

それなのに夏陽は、ついに永木から「最期の願い」を聞けなかったのだ。

「オーナーしか知らないとか……絶対、おかしいって。だいたい、なんなの。今までで一番難しい願いごとだけど、あたしが永木さんを担当したら何とかなる気がするって言ってたクセに、なんともならなかったじゃ――」

「稲さん、大丈夫？」

イスはいくらでも空いているのに、わざわざ隣に保延が座ってきた。

「ひとりごとが多いけど……本当に、抗不安薬は飲まなくていい？」

「はい。別に」

保延が悪いわけではないことも、頭ではわかっている。しかし気持ちとしては、納得できていない。今でもあの時、駆けつけて強心剤でも投与してくれていればと思ってしまう。そうすれば、もしかすると永木の最期の願いが聞けたかもしれない――。

いずれにせよ夏陽は、この意味がわからない「退所カンファランス」が終わり次第、岸原に退職願を出そうと考えていた。入職から三か月分の給料は、ほぼ手つかずのまま残っている。頭の中をリセットするには十分な額だろう。

「寝れてる？」

「……まぁ、そこそこ」

永木の一件で、何もかもが嫌になったのは事実だ。そんな気持ちで、新たな入居者の「最期の願い」を叶える手伝いができるとは、とても思えない。そもそも、楽園《こ》クロッシング《こ》に対する不信感も拭えない。そんな状態でこれからどうするかなど冷静に考えられるわけもなく、ともかく夏陽はここから逃げ出したかったのだ。

「みんな集まった？　それじゃあ、退所カンファランスを始めますよ」

岸原の言葉で我に返ると、いつの間にか瀬川と土谷と朔もイスに座っていた。誰もがいつもと違って言葉が少ないのは、異例の退所カンファランスのせいかもしれない。

「皆さん、お疲れさまでした。永木さんの入居期間は約五か月でしたけど、おかげさまでなんとか『最期の願い』を叶えてあげることが、、、、、、できました」

それを聞いてざわついたのは、夏陽の心だけではなかった。顔を見合わせていたスタッフの中で、真っ先に口を開いたのは保延だった。

「岸原先生。考えがあってのことだと思って、今日まで黙ってましたけど……どういうことだったんですか、主治医の俺まで『知らなくていい』っていうのは」

「黙って信じてくれて、ありがとう。そして何より、なっちゃん――」

夏陽は今、自分がどんな顔で岸原を見ているか想像がつかなかった。なるべく顔に出さないようには気をつけていたが、睨《にら》みつけていないか自信がない。

「――ぜんぶ、なっちゃんのおかげと言っていいぐらいよ。本当に、ありがとう」

「それ、皮肉ですか」

口をついて出てくる言葉は、制御が利いていなかった。

「怒るのも無理はないけど、今日は私の話を聞いてちょうだいね」

「はい。カンファランスですから」

大人げない自分の言葉に、夏陽の気分は次第に鬱々《うつうつ》としてきた。そして一刻も早く、このカンファランスが終わることを願った。


「永木理央さんの、人生最期の願い――それは『家族のような友だちが欲しい』でした」

夏陽の中に鬱積《うっせき》し続けていた、黒い感情が止まった。

「これ。永木さんとの約束だから、なっちゃんに渡すね」

岸原は夏陽に封筒を手渡すと、戻って話を続けた。

「永木さんにとって、ご両親も伴侶の方も、すでに家族ではありませんでした。そのあたりの話、なっちゃんは聞いているでしょ？」

何を言われても、整理が追いつかない。

岸原から告げられた言葉が、頭の中を回り続ける。

「……家族のような友だちが欲しい？」

「スキルスが発覚してからの残された短い時間で、もう二度と家族を手に入れることはできないと、永木さんは理解されていました。だからせめて死ぬまでに、ひとりでいいから『家族のような友だち』ができれば、何も思い残すことはないと仰っていました」

夏陽は、永木の言葉を思い出す。


——わたしのために本当に泣いてくれる人、今まで誰もいなかったんですから。


「末期がんのことも、その先に逃れられない死が待っていることも、ひとりでは生活ができない『要介護者』になることも、すべてを理解した上で、接してくれる友だち——そんなものは現実に望めないと、永木さんは思っておられました。だからこそ永木さんは最期に、慰めや憐れみではなく、純粋に友だちでいてくれる人が欲しいと」

隣の保延が、何かを理解したようにつぶやいた。

「なるほど。友だちは『頼まれてなる関係ではない』ということですか」

「この施設の誰かと仲良くなるか、あるいは恋仲になるでもよかったのです。最終手段として役者を立てることも考えましたが、それは失われてゆく者への冒瀆《ぼうとく》だと思いました」

離れたところで、瀬川は大きなため息をついた。

「それをやっちゃあ、冒瀆の前に詐欺ですよね」

夏陽は手にした永木からの封筒を開けられないまま、あることに気づいた。それはすべての辻褄《つじつま》を合わせる鍵であると同時に、夏陽の感情を切り裂く鋭利な刃物でもあった。

「……待ってください、オーナー。永木さんが入居したの、五か月前ですよね」

「三月です」

「あたしがここに入職したのは、その二か月後の五月ですよ？」

誰も言葉にしなかったが、誰もが岸原の真意に気づき始めていた。

「なっちゃんには、まだ楽園《こ》クロッ《こ》シングの成り立ちを教えてなかったよね？　今日はいい機会だから、ぜひそれも知ってもらおうと思って」

「オーナー……まさか、あたしをここに入職させたのは」

「まず、聞いて。ね？」

夏陽の心拍数が次第に上がり、不快な汗が背中を伝い始めた。

「私がまだ、現役の小児科医だった頃——」

海外の学会で研究者と意気投合した岸原は、その後も長年にわたり親交を深めていった。

やがてその人物は安楽死が合法化されていない某国の要人となり、多額の予算を投じて世界規模の「とある多施設共同研究」を始めた。当然、岸原にもその研究に参加しないかと声をかけてきたという。

「なっちゃんも知ってると思うけど、日本も積極的安楽死は認められていません。でも、こうは考えられない？　もしも身体的な苦痛と精神的な恐怖から解放されて、心の底から笑顔で死を迎えることができるなら——つまり、人生最期の願いが叶うなら——それは末期患者さんたちにとって『安楽死』と同じ意味を持つのではないかって」

「……あ、安楽死？」

「私はその考え方に、強く惹かれました」

カンファランスルームでその言葉に驚いたのは、夏陽だけ。管理栄養士の土谷も、表情ひとつ変えなかった。

「でもそれを明らかにするためには、さまざまな人たちのさまざまな最期の願いに、どれだけ真摯《しんし》に応えられるかを知る必要があるでしょ？　年齢、疾患、人種、家族構成、願いの種類、必要な費用、設備規模や人員など——要は『症例の集積』が必要だったのよ」

「じゃあ、この楽園クロッシングは……」

「湯水の如くお金が使えるのも、世界最先端の技術が使えるのも、多くの業界に強力なコネが通じるのも、その某国の要人——私の友人からの支援があってのこと。その代わりここでは、どんなことをしてでも、最期の願いを叶えることが条件よ」

岸原は、まっすぐ夏陽を見つめた。

その意味に気づいた時、夏陽はイスを弾き飛ばして立ち上がった。

「やっぱり——そういうことだったんじゃないですか！」

イタリア旅行も、大規模な花火大会も、大高のハイテク義足も、碧志の小学校への登校や一日消防士の任命も、お金と技術があれば解決できた。しかし永木の願いである「家族のような友だち」は、お金で解決できるものではない。

「なっちゃんと永木さんは年齢も近く、生い立ちもよく似ていました。何よりなっちゃんは十年目の介護士さんで、理想の介護は『家族のいい部分だけで介護してあげること』なんでしょ？　私、きっとふたりは仲良くなれると思ったの。残念だけどその前の介護士さんには無理そうだったし、色々なことに首を突っ込みたがりすぎたから」

つまりもうひとりいた介護士の西澤は、辞めたのではなく、辞めさせられたのだ。

「あたしを利用したんですね！　人の気持ちを、何だと思ってるんですか！」

「だから、言ったじゃない——」

岸原は口元に笑顔を浮かべた。

「——楽園クロッシングでは、どんなことをしてでも最期の願いを叶えるって」

「永木さんの気持ちはどうなるんですか！」

「ねぇ。なっちゃんは誰かに頼まれて、永木さんと仲良くなって、あげたの？」

たしかに始まりは、介護士と入居者の関係だったかもしれない。

しかし永木に対する感情は、決して憐れみや同情ではない。

「それと、これは――」

「ふたりは、友だちになるべくしてなったんだと思うのよ。それに友だちになるきっかけなんて、どうでもいいと思わない？」

永木を失って流した涙は、入居者に対するものではない。

稲夏陽が、永木理央に対して流した涙だ。

しかし込み上げてくる、やり場のない憤りには耐えられそうにない。

「――もういいです！」

夏陽はカンファランスルームを飛び出した。どこへ吐き出せばいいかわからないこの感情は、力の限り大声で叫んでみても、簡単に消え去るものではなかった。

「なんなの――あたしって、なんだったの！　どうすればよかったの！」

夏陽は、わけもなく全力で走った。

そして気づけば、今は空っぽの永木の居室の前に立っていた。

「永木さん、信じて……あたし、ホントに永木さんのことを……」

疲れ果てて、夏陽は玄関のドアを背に座り込んでしまった。

手には、握りしめた封筒がひとつ。
どれぐらい眺めていただろうか――夏陽は深呼吸して、封筒から手紙を取り出した。

さようなら　夏陽さん
私と友だちになってくれて　ありがとう
忙しいお仕事だから　いつもは思い出さなくていいけど
できれば私のこと　忘れないでね
永木理央

夏陽は、大声で泣いた。
そしてその日のうちに、リュックひとつで楽園クロッシングを出て行った。

＊

楽園クロッシングを飛び出して、一か月が経った。
残暑とはいえ、季節は秋。急に冷え込む日が目立ち始めたので、夏陽は量販店で買った厚手のパーカーを羽織り、羽田《はねだ》空港から東京駅に戻ってきた。

「残り、一万二千円か……」

スマホで確認すると、通帳に八十万円ほどあった預金残高は、来週を迎えられるかわからないほど心許ないものになっている。無数の新幹線と在来線ホームにつながる東京駅の構内で、夏陽は壁を背に缶コーヒーを飲みながら、ため息とともに忙しなく行き交う人々を眺めた。

「……どうすっかなぁ」

リュックひとつで楽園クロッシングを飛び出した夏陽は、大しておろすこともなく貯まる一方だった給料を全部使い切るつもりで、何も考えず旅に出た。キャリーバッグは引かず、途中でリュックを大きな物に買い換え、古い物は棄てた。行く先々で必要なものを買い、入らなくなったものは迷わず棄て、必要になればまた買った。本当に何も考えたくなかったし、何もかもがどうでもよかったのだ。

最初は、現実から逃げ出したい一心だった。

しかしそのうち、通帳に振り込まれていた楽園クロッシングからの給与が、まるで「汚れている金」のように思えてならなくなった。だから、ぜんぶ使ってやろうと心に決めた。そうすることで自分の中の黒い感情も、少しは浄化されるのではないかと思ったからだ。

南は石垣島でホテルに一週間滞在し、プールサイドでパラソルの下に寝転び、南国カクテルを飲みながらスマホを眺めていた。北は北海道でおいしいものを毎日食べ、東北では温泉につかって紅葉を眺めてすごした。それから四国に移動した夏陽は、いつか観た動画の企画を真似て、レンタカーで八十八か所の霊場を巡ってみた。そして九州では何の目的もなく、新幹線で行けるところまで行ってみた。

やがて行ってみたいところもなくなり、食べてみたい物も思いつかなくなり、ホテルのベッドと旅館の布団に疲れ、東京に戻ってきた。

こうして振り込まれた給与をすべて使い切ってみたものの、心は少しも晴れなかった。

「お金もない、帰る家もない……惨《みじ》めなアラサー女、稲夏陽でございます」

夏陽は人目も気にせず、自虐的《じぎゃくてき》に笑った。

この一万二千円がなくなった先のことは、どうでもよかった。適当にスポットか非常勤の面接を受けて、どこかの劣悪な介護施設で働けばいい。心を殺せば、最低限のお金はどうにでもなる。そう考えた時、大好きだった祖母の言葉が脳裏をよぎった。

――理想だけではご飯を食べられないが、理想をなくして食べるご飯は美味しくない。

「ばあちゃん……そうは言うけどね」

楽園クロッシングには、介護士を目指していた頃に夏陽が抱いていた理想があった。入居者の誰もが最期の願いを叶えて、穏やかにこの世を去って行ける場所だ。

夏陽は折りたたんで常に財布に入れている、永木からの手紙を広げた。

この一か月、同じ光景が何度も繰り返し、夏陽の頭の中に蘇る。それは永木が最後に見せた、ベッドでの横顔だ。

永木は、安らかに逝《い》けただろうか。

その人生は報われただろうか。

残されたこの手紙だけがその答えのはずなのに、いつまでも心の霧が晴れない。

どうすることが正しかったのか、いまだにわからない。誰が正しくて、誰が間違っていたのかもわからない。もしかすると、誰も何も間違っていないのかもしれない。

わかっているのは、永木がこの手紙を夏陽に残してくれたという事実。それがすべてで、それが答えのはずなのに、夏陽の中で何かが引っかかり続けているのだ。

「……永木さん。あたしたち、あれでよかったんだよね？」

手紙を折りたたむと、ため息とともに財布に戻した。

その時――駅構内の人混みを器用に避けながら、まっすぐに夏陽を目指して、ひとりの男が近づいて来ることに気づいた。

ツーブロックを緩めのオールバックにした、彫りが深いせいで、日本人離れした印象を受ける顔立ち。着ているのは真っ黒のスリーピースに、白シャツと黒ネクタイ。羽織っているジャケットコートも、いつも決まって黒だ。

「檜沢さん……」

「お久しぶりです。少し、日焼けしました？」

朔は、いつも通りの口調だった。

「何やってるんですか、こんなところで」

「ちょっと、用事がありまして」

東京は広い。それなのに東京駅構内の雑踏の中で、これほどの偶然があるだろうか。

「まさかとは思いますけど……あたしを捜してました？」

「それもありますね。そろそろ休暇の一か月も終わりますし、仕事のついでにお迎えに行って来いって、岸原オーナーが」

楽園クロッシングを飛び出して以来、連絡を入れたことはない。誰とも言葉を交わさず、退職願も出さず、姿を消して一か月。それを休暇と受け取るには無理があるだろう。

「あたしがここにいるって、なんでわかったんですか？」

「ちょっとした裏ワザを、大高さんの義足チームの方たちから教えてもらったんです」

「ずっと、監視してたんですか⁉」

「とんでもない。どこにいるのかなって、さっき調べただけですよ」

口元に笑みを浮かべ、朔はしれっと恐ろしいことを口にする。方法はわからないが、夏陽がどこで何をしていたか、知ろうと思えばいつでも知れたということだ。

「で。夏陽さんは、これからどうするんです？　休暇、もう少し延ばしてもらいます？」

ポケットに両手を突っ込んだまま、朔は隣に来て同じように壁に背をもたれた。

「あたしが、楽園クロッシング《あそこ》に戻ると思ってるんですか？」

「オレ個人としては、戻ってきて欲しいですね。夏陽さんのこと、好きですから」

「それは、どうも」

「ホントですよ？　夏陽さん、いい人ですから。それに岸原オーナーも、晃平さんも、みんな夏陽さんのことは好きだと思いますけど」

無邪気に笑う朔に、悪意は感じなかった。

そのことが逆に、夏陽を後ろめたくする。

「あたし、社会人としてあり得ないことをしたんです。カンファランスの途中で飛び出して、そのまま何の連絡も入れずに一か月も旅行に出るとか」

「一か月の休暇は、約束された正当な権利じゃないですか」

「それ、本気で言ってます？」

「本気ですよ。退職届の代行業者がいるご時世ですし、別に気になりませんけど――」

不意に、朔から笑みが消えた。

「――楽園クロッシング、つまらないですか？」

　この一か月、考えなかった日はなかった。

「檜沢さん。最後にタネ明かしをされたら、実は自分がそのギミックの中心だった……檜沢さんなら、どう思います？」

「嬉しいですね」

　檜沢の表情に迷いはない。

「自分みたいな人間が、誰かの最期を看送るための役に立ったなんて、サイコーですよ」

　檜沢にとっては、入居者の最期の願いを叶えることだけが目的であり、それを達成するための方法は、何であろうが関係ない。

　夏陽は、岸原の言葉を思い出す。

　――楽園クロッシングでは、どんなことをしてでも最期の願いを叶える。

　夏陽が自暴自棄《じぼうじき》になった理由は、楽園クロッシングの在り方などではない。自分が駒として利用されたと感じたから――言ってしまえば、ただの自尊心からなのだ。

「これ、岸原オーナーからです」

　朔は折りたたんだメモを内ポケットから取り出して、うつむいた夏陽に差し出した。

　そこには、電話番号が書いてある。

「……なんです？」

「都内をだいたい網羅《もうら》してる、大手の不動産会社です。この番号に電話して夏陽さんの名前を伝えれば、希望する条件の物件を格安で紹介してくれるようになってます。あ、もちろん敷金礼金はゼロです」

「ちょ、檜沢さん……それ、どういう意味」

言葉を遮り、今度は封筒を差し出した。

「これも、岸原オーナーから」

「だから、何なんですか」

「那須塩原までの、新幹線のチケットが入ってます」

その意味は、夏陽にも理解できた。

「あたしは……まだ、別に」

「そして、これが最後――」

差し出されたメモには、住所が書いてあった。

「――永木さんの、お墓の場所です」

夏陽の心臓が、大きく血液を吐き出した。

「な、なんで……今さら」

「選択肢なんじゃないですか？」

そこでようやく、夏陽は気づいた。

新しい場所で、新しい仕事を見つけて、新しい生活を始めるのもひとつ。

楽園クロッシングに戻るのも「あり」だと告げられているのだろう。

そして永木の墓参りに行けば、なにか別の選択肢があることに気づくかもしれない。

「檜沢さん。これって、もしかして……」

間違いない。これは岸原から提示された、三つの選択肢だ。

しかも、そのどれも選ばないという選択肢もあるのだ。

「じゃあ、夏陽さん。そういうことで、オレは帰りますね」

なにを強要するわけでもなく、朔は夏陽のそばを離れた。

夏陽に、選択肢だけを残して。

「あ、そうだ――」

去り際、不意に朔が笑顔で振り返った。

「――新入居者のカンファランス、明後日の午後三時からですので」

あれはまだ、夏陽が入職する前。

誰に告げるでもなく、保延がつぶやいた話を思い出した。

とある国には「パラダイス・クロッシング」という童話があるという。

それは取り返しのつかない後悔の先には、必ず楽園に通じる十字路があるから、道を間違うなという物語。

道を間違うと、その十字路には二度と戻れないのだから――。

夏陽は大きく深呼吸すると、メモと封筒をリュックに詰め込んだ。

そして一歩、前へと足を踏み出した。

◆この物語はフィクションであり、実在する人物、団体等には一切関係ありません。
また、作中に登場する疾病等への対処法や薬剤処方の内容は、架空の登場人物に対するものであり、実在する同じ症状や疾病のすべてに当てはまるものではありません。

◆本書は双葉文庫のために書き下ろされました。

双葉文庫

ふ-30-03

旅《たび》立《だ》つ君《きみ》におくる物語《ものがたり》

2024年10月12日　第1刷発行

【著者】
藤山素心《ふじやまもとみ》

【発行者】
箕浦克史
【発行所】
株式会社双葉社
〒162-8540 東京都新宿区東五軒町3番28号
［電話］03-5261-4818(営業部)　03-5261-4831(編集部)
www.futabasha.co.jp(双葉社の書籍・コミックが買えます)
【印刷所】
中央精版印刷株式会社
【製本所】
中央精版印刷株式会社

【フォーマット・デザイン】
日下潤一

ISBN978-4-575-52801-5 C0193
Printed in Japan

双葉文庫　好評既刊

おいしい診療所の魔法の処方箋《レシピ》

藤山素心

28歳の関根菜生は、事務から営業へ移動させられ、突如現れたじんま疹に、仕事がままならなくなってしまう。そんな彼女がたどり着いたのは、女癖の悪そうなイケメン医師・小野田が患者さんに治療の一環としてご飯を出している診療所だった——。現役の医師が綴る医療ヒューマンドラマ開幕。

双葉文庫　好評既刊

おいしい診療所の魔法の処方箋《レシピ》2

藤山素心

じんま疹の原因である仕事をやめたアラサー女子の関根菜生。イケメン医師・小野田を院長とするるんん診療所で働き、『医師の指示の下に』ダイエットの指導を行っていた菜生は、管理栄養士になるという新たな夢を見つけるが——⁉　現役の医師が綴る医療ヒューマンドラマ、第二弾！

双葉文庫　好評既刊

ほろよい読書

織守きょうや
坂井希久子
額賀澪
原田ひ香
柚木麻子

今日も一日よく頑張った自分に、ごほうびの一杯を。酒好きな伯母の秘密をさぐる姪っ子、自宅での果実酒作りにはまる四十路のキャリアウーマン、実家の酒蔵を継ぐことに悩む一人娘、酒が原因で夫に出て行かれた妻、保育園の保護者達からオンライン飲み会に呼ばれたバーテンダー……。今をときめく5名の作家が「お酒」にまつわる人間ドラマを描いた、心うるおす短編小説集。

双葉文庫　好評既刊

ほろよい読書　おかわり

青山美智子
朱野帰子
一穂ミチ
奥田亜希子
西條奈加

癒やしの一杯で、自分にお疲れ様を。麗しい女性バーテンダーと下戸の青年の想いを繋ぐカクテル、本音を隠した男女のオイスターバーでの飲み食い対決、父の死後に継母と飲み交わす香り高いジン、少女の高潔な恋と極上のテキーラ、不思議な赤提灯の店で味わう日本酒……。大注目の5名の作家が「お酒」をテーマに描いた、心満たされる短編小説集第2弾！